Bleu Line

会社は踊る

鳩村衣杏
Ian Hatomura

フルール文庫

本作品の内容はすべてフィクションです。
実在の人物、団体、事件などにはいっさい関係ありません。

Contents

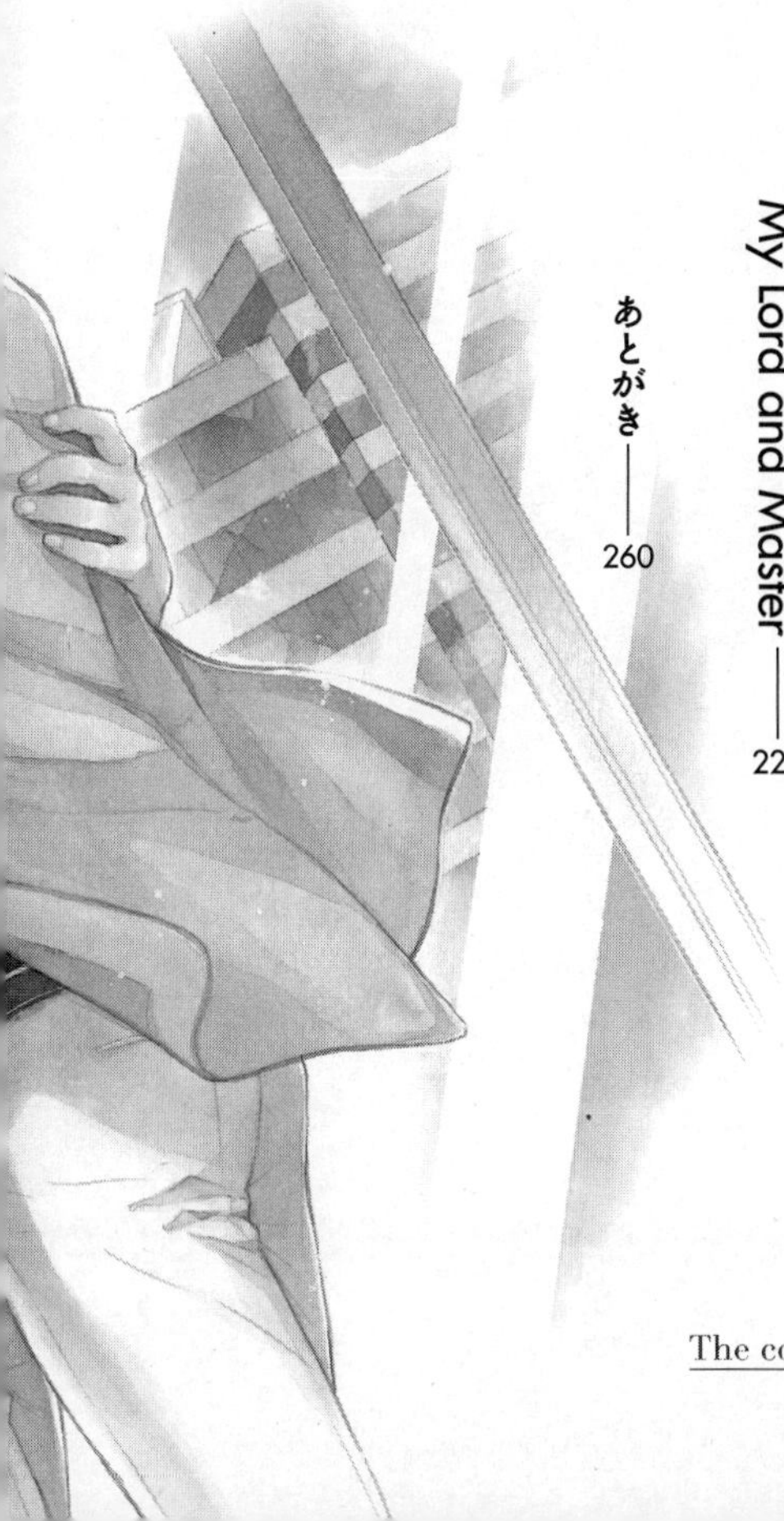

The company is dancing.

イラストレーション／小椋ムク

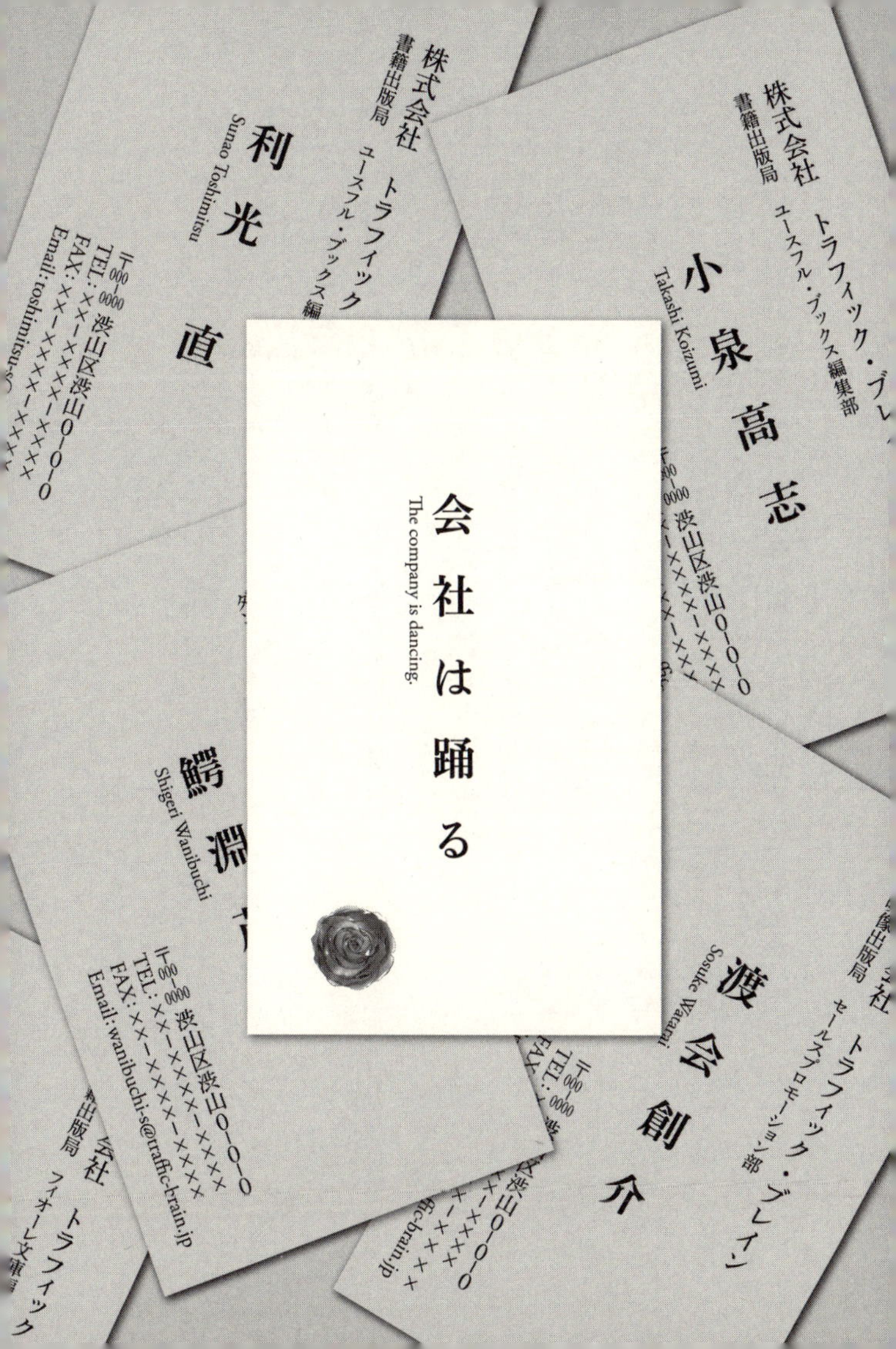

会社は踊る
The company is dancing.
株式会社
書籍出版局
トラフィック
ユースフル・ブックス編
利光 直
Sunao Toshimitsu
〒000-0000 渋山区渋山0-0-0
TEL:××-××××-××××
FAX:××-××××-××××
株式会社
書籍出版局
トラフィック・ブレ
ユースフル・ブックス編集部
小泉 高志
Takashi Koizumi
〒000-0000 渋山区渋山0-0-0
鰐淵
Shigeri Wanibuchi
〒000-0000 渋山区渋山0-0-0
TEL:××-××××-××××
FAX:××-××××-××××
Email:wanibuchi-s@traffic-brain.jp
書籍出版局
トラフィック
フィオーレ文庫
トラフィック・ブレイン
セールスプロモーション部
渡会 創介
Sosuke Watarai
〒000-0000
TEL:

1

「映画で喩《たと》えると……今はどんな気分？」

リビングの床に腰を下ろした渡会創介《わたらいそうすけ》に尋ねられ、ソファに座っていた利光直《としみつすなお》はちょっと首を傾《かし》げた。

「そうですね……『有頂天時代』かな」

「ああ、いいね。その邦題、嫌いだって人もいるよね」

「原題が〝SWING TIME〟ですからね」

「俺は『有頂天時代』のほうが好きだけどな」

「そっちのほうが渡会さんには合ってますもんね。というか、渡会さん自身が有頂天……って感じだから」

直は酔いに任せてケラケラと笑った。

生真面目な直は酒席でも理性を保ち、軽口を叩《たた》くことも滅多になかった。それゆえ、いくら渡会と一緒なのが嬉《うれ》しいといっても、こんなふうにハイテンションになってしまうのは、自分でもおかしいとわかっている。わかってはいるのだが、止められない。

「あれ……なんか俺、変ですよね？　なんだろう……すいません、でも――ははは、有頂天男……ぴったり、あははは……」

そう言いながらソファに身を預け、渡会を指差して笑い続ける。そんな直を渡会は少し低い位置から楽しそうに見上げ、おもむろに歌を口ずさみ出した。

『有頂天時代』はフレッド・アステアとジンジャー・ロジャースの黄金コンビによるミュージカル映画だ。アステア演じるラッキーはダンサー。ひょんなことからロジャース演じるダンス教師のペニーと知りあい、素性を隠して弟子入りする。

不器用で物覚えの悪い生徒のふりをするラッキーは、呆《あき》れるペニーに「ダンスを教えて」と頼む。

ペニーは微笑《ほほえ》みながら、こう返す――不可能はない。立ち上がってやり直せばいい。自信を失わないで……。

直は歌いながら腰を上げ、渡会に手を差し伸べた。「PICK YOURSELF UP」という曲名どおり、渡会も立ち上がって直の手を取る。

くすくす笑いながら、ダンスの初歩的なステップを踏む。そして映画の場面と同じようにバランスを崩し、ふたりでソファに倒れ込んだ。

「うわ!」

「おっと……」

渡会にのしかかられ、鼻と鼻がくっつきそうな位置にあってもなお——いや、だからこそ、直の上機嫌は治まらない。

「あははー……あは……近い……」

渡会の唇が、開いていた自分のそれを奪いにくる。

「……ふ……」

この展開は予測がついた。だが、ふわふわした頭の中で、むしろ自然な流れだと思える。

実際、渡会のキスは心地よかった。身体《からだ》の重みも、かすかなコロンの残り香も……。

「——好きだよ」

蕩《とろ》けそうな渡会のまなざしを受け、直はうなずく。

「……知ってます……だって今、キスされたし……」

「そうか、そうだな。順序が逆だった」

「そうですよ」

「利光は？」

「んー……好きです……かな？　うん」

「利光くん、酔い過ぎ」

　渡会は苦笑する。

「変ですか？」

「いや、別に」

「これが俺の正体なんですかね？」

「普段は自分を押し殺してるってこと？　いや、どうかなあ……バランスじゃないかな。素地を出すほうが疲れる人もいるしね。俺といると楽しい？」

「疲れるときもあります」

「……よくそう言われます」

　直は慰めるつもりで、ぽんぽんと渡会の頭を叩いた。

「疲れる、なんて言える人、渡会さんしかいません」

「酔っ払いに言われてもなあ……まあ、可愛《かわい》いからいいか」

「あ、それダメですよ。何でもかんでも『可愛い』で済ませるのは、編集者として芸がないって……小泉《こいずみ》くんが言ってました」

ソファからはみ出ている左足をぶらぶらさせながら、直は言う。渡会は直のシャツのボタンを外しながら、答えた。

「ちっちゃ泉《いずみ》は放っておけ。俺はもともと『可愛い』は滅多に使わない」

「へえ、さすが……って、なんでボタン……？」

「利光くんと気持ちいいことしたいから」

「なんで？」

「好きだから。あと、可愛いから」

「そうですか……あ、可愛いって言った！」

「俺と気持ちいいこと、する？」

「その言い方、なんかちょっと……エロ漫画っぽいですね」

「じゃあ――俺の彼氏になって。これでどう？」

「んー……普通だけど、共感しやすいってのが読者にとっては一番ですよね。ようやくわかってきました」

「えらい、えらい。で、利光くんは俺の恋人になってくれるのかな？」

アルコールの力と恋心で、もともとハンサムな渡会の顔がさらに男前に見える。しかもどアップで。

彼女じゃなくて彼氏……まあ、いいかと直は思った。

恋愛はご無沙汰だし、渡会さんは変わった男だが、仕事はできる。よくも悪くも社内の有名人で、ちょっと残念なハンサムで、変わっているが尊敬もできる。

何より、この人は俺に言ってくれた——立ち上がってやり直せばいい。自信を失わないで……。

「はーい、彼氏になります」

「よっしゃ」

渡会が嬉しそうなので、直も嬉しくなった。

「……恋人かあ……」

再び唇を奪われ、そのテクニックに直は恍惚《こうこつ》となった。脳内が桃色に染まっていく。

感情を逆撫《さかな》でし、「嫌な面」ばかり引きずり出させようとする人間もいる。本人も気づかずにいた「素直な自分」を自然に見せてくれる人間もいる。

渡会は後者だ、と直は思う。そして俺はそのことに感謝している。

確かに、今の俺は酔っ払いだ。でも、それで正直な自分が表に出ているだけ。違う自分じゃないし、自分らしくない自分でもない。

だから……いいんだよな、これで。

うん——いいんだ、これで。
直は目を閉じ、渡会との出会いを思い返していた。

＊＊＊＊

「利光くん」

「ユースフル・ブックス」編集部、編集長の中村《なかむら》に肩を叩かれ、直は顔を上げた。

「はい」

「企画、読んだよ」

直は緊張し、思わず立ち上がる。

「ありがとうございます」

「どれも悪くはないんだけど……もうひとひねり、ほしいかな」

「あ、はい……」

「でも捨てるのは惜しいから、別の視点を持ってくるとか、何の関連もなさそうな要素と組み合わせるとか……もうちょっと練ってみて。周りの誰かに意見を聞くのもいい」

気落ちした直を元気づけるように中村は微笑んだ。三十代後半とのことだが、兄のように若々しい。イクメン真っ最中だという。

「一度は落とされた企画が、担当者の熱意でベストセラーにつながった例もある。最後は本人の情熱だよ」

直はうなずいた。

「わかりました」

「話は変わって……君、今年の『虎脳祭《とらのうさい》』の運営委員だから。総務から打ち合わせのメールが届くはずだから、よろしくね」

直は中村に聞き返す。

「とら……何ですか？　運営委員？」

「『虎脳祭』ですよう、『虎脳祭』！」

隣席の小泉高志《たかし》がわくわく顔で、勝手に会話に割って入ってきた。

小泉は二十八歳の直よりふたつ年下だが、直は一ヵ月ほど前に転職してきたばかりなので、小泉は先輩にあたる。

「とらのうさい？」

中村は小泉に「説明は任せる」と言って消えてしまった。

「会社の学芸会というか、学園祭みたいなもんです。年に一回、Kホテルのボールルームでやるんですよう！　社名が『トラフィック・ブレイン』だから『虎脳祭』！」

直はまじまじと小泉の顔を見つめる。

「ブレインで『脳』はわかるけど、『トラフィック』が『虎』って完全に当て字だよね。通信情報とか運輸、交通って意味だから、正しくは『通脳祭《つうのうさい》』とか『交脳祭《こうのうさい》』とかじゃないの？」

新参者らしい率直な疑問に小泉は大きな目を最大限に開き、「アンビリーバブル」という表情でつぶやいた。

「利光さん……ウザっ」

「え？」

「っていうか、『通脳祭』とか『交脳祭』なんてダサいじゃないですか！　だからあえて当て字の『虎脳祭』なんですよう！　ネーミングセンス、なーし！」

「うっ……」

ビシッと指摘され、直は言葉を失う。

小柄でアイドル並みの可愛いルックスを誇る小泉は、容姿とは裏腹に毒舌だった。自他共にそれを個性と認め、自ら「ちっちゃ泉」と名乗るツワモノだ。カジュアルな服装だと子どもっぽく見えるから、と常にアイビールックで決めている。己をよく知り、どう見せたいかも決まっているようで、そこは年下ながら直も感心している。

しかし前の職場にこんな生き物——もとい同僚はいなかったので、直はなかなか生態を把握できずにいた。それ以前に、こんな同僚を普通に受け入れている職場環境の実態も定かではない。

「……まあ僕も『電脳祭《でんのうさい》』とかでもいいんじゃないか、とは思いますけどね」

「なんだよ、それ！」と突っ込めればいいのかもしれないが、転職ぺーぺーの直にはできなかった。もっともそれは時間の問題ではなく、直の性格の問題なのだが。

直は七ヵ月前、新卒で入社してから四年と少し、編集者として働き続けた某私大の大学出版局を辞めた。責任感が強く、のめり込みがちな性格だったことからワーカホリックに陥り、原因不明の腹痛に悩まされるようになったのだ。

雇い主からは休職を勧められたが、そこでも責任感の強さと不器用な面が勝ってしまい、退職した。しかし、いつまでも遊んでいるわけにはいかない。休養を取りつつ、半年かけて転職活動を行い、復帰した先が「トラフィック・ブレイン」だった。

「トラフィック・ブレイン」は設立二十年と若い上に出版物はエンターテインメント中心で、事業内容も出版以外に映像、音楽、版権……とメディアコンテンツを幅広く手掛ける総合出版社だ。職務は以前と同じだが社員数、社歴、社風……すべてにおいてまったく違う。いや、出版社のあり方としては、直の中では真逆に位置するといってもいい。

そんなところで上手《うま》くやっていけるのかと不安を覚えた直だが、別の業界に行くつもりはなかった。ならばいっそ、真逆な環境に飛び込んだほうが自分のためではないか――と、ここでも生真面目さを発動し、身を預けることにしたのだった。

そして配属されたのが、書籍出版局の「ユースフル・ブックス」編集部である。料理本、ハウツー本、趣味の本、タレント本、雑誌の人気連載をまとめたもの……とエンタメ関係の本ならなんでもござれ！という、小泉曰《いわ》く「ごった煮な編集部」だ。本好きにはたまらない部署だろうが、直には少々荷が重い。

どんなジャンルでも扱うことができる、という意味では以前の勤務先も同じだ。ただ大学出版局という立場上、学術書という基盤は外せない。そういう意味での「くだけた」出版物には、とんと縁がなかった。

直もプライベートではマンガも読むし、ゲームや映画も楽しむ。だが、それはあくまでも「趣味」であり、そこから得た知識や情報を仕事に生かすことはほとんどなかった。もっとも退職前の一年は、時間的にも気持ち的にも趣味を楽しむ余裕はなかったが。

というわけで心機一転、二十八歳にして百八十度状況が異なる職場に来たわけだが、それに合わせていきなり「自分も百八十度変わる」というのも無理な話である。常に様々な場所にアンテナを張り、興味があるもの、面白いと思うものを企画にまとめて提案しなければならないのだが、なんでもござれ！という視界の広さが仇《あだ》となり、直はなかなかポイントを絞り込めずにいる。

出す企画はどれも「どこかで見た」ようなものだったり、視点が極端に偏ったりで、編集会議を通らない。「どこかで見た」ものでもアレンジを利かせてあるとか、売れそうなものなら構わないというのだが、その差もわかるようでわからない。大学出版局では「アカデミック」が前提であれば企画は通ったが、ここでは「売れる」ことが重要なのだ、と今さらながら痛感する。

上司も周囲も「まだ一ヵ月だから」と大目に見てくれているが、安穏としてはいられない。スランプに陥った野球選手のように焦りを感じつつ、すでに発行が決まっている本の編集をこなしつつ、アイデア収集、企画のヒント探索に励む日々だった。

　そんな中で、謎の「虎脳祭」の運営委員……直の胃は急激に重くなった。

「運営委員……どういう基準で選んでるのかな。俺、転職したばっかりなんだけど……」

　ため息まじりのつぶやきに、小泉は明るく説明してくれた。

「あ、それはね、転職してきたばっかりだからですよう。毎回、運営委員の半分は新人と転職組なんです。あとの半分は入社五年目以降……あたりの社員かな」

「え、半分が新人と転職組？」

　無謀じゃないかと直は思ったが、小泉によれば、それが狙いだという。

「よく知らない人の視点で会社を見て、他部署の人間や先輩と関わる……っていう部分がもうすでに『虎脳祭』の一部なんです」

　そもそも「虎脳祭」のコンセプトは「自分が勤めている会社をもっとよく知って、一緒に盛り上げていこう！」だった。

　自社がどんな商品を企画、販売しているのか、ＴＶＣＦ《テレビコマーシャルフィルム》や小売店の店頭で初めて知った……などという話は大きなメーカーにありがちだ。しかし社内で情報を共有すれば、もっといい企画や売り方の提案が社員によって無料で集められるし、社内コラボレーションも可能になる。実際、そこからヒット商品も生まれたという。

大学出版局は編集、営業、総務も合わせて社員は十人だった。誰がどんな本を作っているかは全員が知っていたし、帯やキャッチコピーもみんなで考えた。そういう環境で働いてきた直には、まだピンと来ない。

小泉が見せてくれた昨年度の「虎脳祭」の式次第によれば、一部では売上の報告、ベストセラー紹介とその担当者の表彰式……と企業らしい。しかし二部に入ると一変し、各部署の業務紹介とプロジェクトのプレゼンテーション、有志による出し物、その合間に飲み食いとビンゴ大会……とパーティー要素満載である。「会」ではなく「祭」たる所以《ゆえん》は、二部にありそうだ。

「結構、大がかりなんだ……な……」

不安がくっついて垂れ下がった直の言葉尻に、小泉が飛びつく。

「しっかりしてくださいよう、利光さん。せっかくのイケメンが台無しですよう」

幸か不幸か、直はハンサムの部類らしい。周囲が口を揃《そろ》えるので「そうですか」と礼を言うようにしているが、自覚はなかった。目鼻立ちがくっきりはっきりしているわけでもなく、身長は百七十五センチで中肉中背……と、これといった特徴もない。その「ごく普通」な感じが、くっきりはっきりとの対比で「ハンサムに見える」だけではないかと思っていた。

「……見た目は関係ないでしょうよ」

小泉は力強く首を横に振った。

「イケメンが残念だと、フツメンが残念なのよりガッカリされます」

「何、それ……」

一時期、多くの企業から社員旅行や部署での飲み会が姿を消したが、ランチミーティングやサークルなど、別の形での社内交流が盛んになっている。これもそのひとつなのだろうが、業務の一環として普段の仕事の合間に準備するとなると、ちょっと面倒くさい。

それが顔に出てしまったのか、小泉は言った。

「裏方のほうがある意味、楽ですよう。僕が新人のときは、うちで作ったアニメのクマの着ぐるみで踊らされましたもん。練習とか大変でした〜」

「まあ、確かに……演者よりはいいのかな」

と、話を聞いていた向かいの席の先輩が笑い出した。

「何が大変でした〜だよ。ちっちゃ泉、お前が一番ノリノリだったじゃん。録画ビデオもらったんだろ？」

「いやー、想像以上に着ぐるみが似合ってて、可愛かったもんで……合コンとかで使えるかなーって」

すかさず同僚らから「黒い！」「黒泉《くろいずみ》！」と笑い交じりの声が飛ぶ。直も周囲に合わせて笑うが、もうひとつ、ノリについていけない。

仕事と職場にすら馴染《なじ》めていないのに、運営委員なんて、ちゃんとこなせるのだろうか……と思っていると、総務部から「『虎脳祭』運営委員会・第一回会合のお知らせ」なるメールが届いた。

＊＊＊＊

一週間後の夕刻、直は「『虎脳祭』運営委員会・第一回会合」に出席すべく、数十人が集まれる会議室に向かった。

エレベーターを降り、とぼとぼと廊下を歩く。練り直した企画にダメを出されてテンションが下がる中の運営委員会……情けないと思いつつも、足取りは重い。

「君も運営委員？」

直の背中に声が当たった。

振り向くと、長身で目の覚めるような色男がにこにこしながら立っていた。雑誌のインタビューか、グラビア撮影に訪れたハリウッド・スターが迷い込んだのか？と思うほどの二枚目である。歳《とし》は同じか、少し上だろう。

俺もイケメン、イケメンと言われるが、こういうのが真のイケメンだよなあ……と思いつつ、よく見るとシャツにVネックのニットというシンプルなスタイルの首からはIDパスがぶら下がっている。そして「運営委員」という単語……ようやく、直は男が社員だと気づいた。

「あ、はい。『ユースフル・ブックス』の利光です」

直は自分のIDパスを掴《つか》み、掲げた。

「ユースフル……ということは、ちっちゃ泉のとこか」

「あ、そうです」

「でも、初めて会うよね。俺、あそこには結構出入りしてるはずだけど……」

「中途採用なんです。まだ一ヵ月半ってところで……よろしくお願いします」

「ああ、そっか。俺はセルプロの渡会創介。よろしくね」

男もIDパスを直に見せる。

セールスプロモーション部——通称、セルプロは、「トラフィック・ブレイン」のすべての商品の広告宣伝をメインに行う部署だ。メディアを使った一般消費者への宣伝だけでなく、海外への販売展開、版権管理、イベント企画から作品プロデュースまで幅広く手掛ける。小泉曰く「何でも屋」。

「スケさんとか、ワタスケでいいよ。みんなそう呼ぶから」

「え……それは……」

渡会はあっけらかんと言った。

「いや、うちの部長も渡会なのよ。誰かが『おーい、渡会』って呼ぶと部長がビクッとなるから、区別のためにそっちで呼んでもらってるんだ」

「はあ」

「渡会ジュニアってのもあったんだけど、部長の隠し子と勘違いされちゃってね。奥さんも巻き込んで大騒動になっちゃってさ、はははは……」

渡会は喉を見せて豪快に笑った。直は戸惑いつつも、二枚目は何をしても絵になるのだ、と改めて実感する。

「そういうことでしたら……部長がいらっしゃるときは、下の名前で呼ばせていただきます」

「ふーん、きちんとしてるなあ」

「新参者ですから」

「ええと……利光くんか。どっちも名前みたいだね」

「小さい頃からそう言われます」

「だろうね、ごめん」

「いえ、慣れてますので」

「新たな呼び名として『トシミ2《ツウ》！』とかどう？」

渡会は「2！」のところで腕を伸ばし、ヒーローよろしくVサインを出した。直は思わず、ああ、この人も「トラフィック・ブレイン」科小泉属系か……とぼんやり考える。

「呼び名というより、売れない芸人の登場のポーズみたいです」

「売れない芸人……歌舞伎の見得のつもりだったんだけど……」

直の反応に、渡会はなぜか驚きの表情を浮かべている。

「……何か？」

「いや、そういうつまんないギャグはやめてくれ、って拒絶されることはよくあるけど、訂正されるのは初めてだから……なんかびっくりしちゃって」

「はあ、そうですか。いや、やめてほしいです」

「ふーん、真面目なのね、トシミ2！は。面白いなあ」

「今さらですが、拒絶しときます、その呼び方」

渡会はまた大笑いした。

「……面白い！」

そんなことよりも会議の時間が気になっていた直は、腕時計を掲げた。

「……あの、そろそろ……」

「ああ、会議か。忘れてた」

言うなり渡会は大股で廊下を進み、会議室のドアを開ける。渡会と直を見て、奥のホワイトボードの前に座っていた総務部の女性社員、木下《きのした》が言った。

「これで全員ですね」

直は小声で「すみません」と遅れたことを謝罪した。渡会の隣に腰を下ろし、配付されたレジュメに視線を落とす。

「では、本年度の『虎脳祭』運営委員会を始めます。お忙しい中、ご苦労さまです。総務の『虎脳祭』運営担当、木下です。今日は第一回ですので、役割分担と大まかなスケジュールの確認をします。まずは自己紹介をお願いします」

木下の号令で端から順に部署名と名前を名乗り、簡単な挨拶をしていく。それまで全員、座ったままだったのに、渡会は自分の番になるとすっくと立ち上がった。

「セールスプロモーション部の渡会です。最近のキャッチフレーズは『俺自身が人気コンテンツ』です。よろしく」

出席者の半数がぽかーんとし、残りの半数はふーんという顔で見守っている。

この反応の違いで、ぽかーんとしたのが新人&転職組だとわかる。もちろん、直もそっちだった。あまりにぽかーんとしてしまい、直は自分の挨拶を忘れるところだった。

全員の紹介が終わり、委員長と副委員長、会計監査と書記の選出が始まった。木下はあくまでも総務部の担当者として出席し、今後の会議や委員会の運営は、この四役が中心に仕切るという。

「クジ引きで決めますが、その前に立候補を募ります。どなたか――」

「はい」

渡会が手を挙げる。どうぞやってください！と直が心の中で強く思っていると、木下があっさり却下した。

「あ、渡会さんは六年前に委員長をされてますから、今回はサポートをお願いします」

「えー、久々だからやりたかったのに……」

つまらなそうな渡会を前に、鰐淵《わにぶち》というメガネの男が「ちょっと」と木下に声をかける。

「立候補者優先なんでしょう？　それでサポートってことなら、創介さんに副委員長をやってもらえばいいんじゃないですか？」

鰐淵はエンタメ情報誌「ダンテ」編集部所属だった。「ユースフル・ブックス」と同じフロアにあるが、直は面識がない。渡会を名前で呼ぶところを見ると、親しいようだ。

鰐淵の提案に、その場から賛同の声が上がった。「面倒だからやりたくない」ではなく、「渡会さんに任せておけば安心」という空気が伝わってくる。

「それでよろしいですか？」

木下の問いかけに、渡会もうなずく。

「了解です」

続いて、クジの入った箱が回された。紙切れを一枚引き、一斉に開く。

「……うそ……」

直のクジにはマジックで黒々と「委員長」と書かれていた。それを勝手にのぞき見た隣の渡会が嬉しそうに声を張り上げた。

「おっ、トシミ2！が委員長？　やった、よろしくね！」

「え……あ……はい……」

仕方なく、直はクジを木下に向かって掲げる。会計監査と書記も決まり、木下がホワイトボードに名前を書いた。

「……それでは、以上の方々に四役をお願いします。続いて、他の担当を――」

四十分後、第二回の会議の日時を決め、運営委員会は終わった。

参加前よりもさらに重くなった足を引きずり、直は会議室を出る。単なる責任の重さだけでなく、渡会が副委員長ということで二重の重みを感じていたのだ。

悪い人間ではなさそうだが、変わり者なのは確かだ。しかし出席者はみな、甘んじてそれを受け入れているふうだった。

だとすると、と直は考える。おかしいのは俺のほうなのか？　郷に入っては郷に従えと言うが――。

「トシミ2！」

肩を結構な強さで叩かれ、直は前につんのめった。

「うわっ」

「あ、ごめん」

振り向かなくても、誰の仕業かわかる。しかし、振り返らざるを得ない。

「……渡会さん、その呼び方は……」

にこにこしている渡会をちょっとにらむ。しかし、その程度では苛立《いらだ》ちは伝わらなかったらしい。

「いいじゃん。あれでみんな、君のことは完璧に覚えたよ」

なるほど、そういう考え方もあるか――と納得しそうになる。この男、能天気なだけではなく、人たらしの才能があるようだ。

「これからよろしくね」

「……はい」

「それでさ、今後のことを考えて、早めに親しくなっておいたほうがいいと思うんだ。君は転職組だから、わからないことだらけだろ？　よければ明日、ランチミーティングでもどう？」

「え……いいんですか？」

「もちろん。俺は副委員長なんだから、好きに使ってよ」

なんだ、いい人じゃないか！　直は感激した。そこまで気遣ってくれるとは……変な人だと誤解したことを反省する。

「ありがとうございます。ぜひ、お願いします！」

「普段の仕事もこなしつつ、準備……は大変だからね」

一緒に乗り込んだエレベーターの中で、渡会は言った。

「ええ。おまけに委員長なんて……プレッシャーを感じてたんです」

「やりながら慣れろっつっても、なかなかね……」

意外に話がわかる。経験者の実感かもしれない。

「でもまあ、どうせやるなら楽しんじゃったほうがいいよ」

ここまでポジティヴで疲れないのだろうか、と直は思ったが、余計なお世話なので黙っておくことにした。ワーカホリックで退職した自分がどうこう言える立場ではない。

「そうですね。ところで『虎脳祭』って、いつから始まったんですか？」

「かれこれ六年前」

「……ということは、渡会さんは第一回の委員長だったんですか？」

「うん」

渡会はうなずいた。

「初回って大変だったんじゃないですか?」

「まあね。でも、仕方ないよ。言いだしっぺだから」

「……え?」

意味がわからず、直は渡会を凝視する。渡会はあっけらかんと答えた。

「俺が社長に提案したの、こういうイベントがあったほうがいいんじゃないかって。そしたら、じゃあ、やれと」

直が穴が開くほど他人の顔を見つめたのは、これが生まれて初めてだった。大好きだった恋人の顔でも、ここまで見つめたことはない。

「それで変な奴《やつ》だと思われて、営業からセルプロに異動させられたんだよね」

「はあ……」

「あ、俺はここで。じゃあ、明日のランチでね」

途中の階で渡会は降りていった。

「はい……って——何だよ、それ……」

ひとりになった直はつぶやき、エレベーターの中で力なく座り込んだ。

2

「あっ、利光《としみつ》くん！　ここ、ここ！」

社員食堂の入り口に立った直《すなお》の目に、窓際の大きなテーブル席からオーバーアクションで手を振る渡会《わたらい》の姿が飛び込んできた。

周囲の視線が痛い。その場で回れ右をしたくなったが、直はどうにかこらえてフロアを進んだ。

「……すみません、遅くなりました」

「いや、全然」

渡会は直が手にしているランチバッグを見て、パッと顔を明るくした。

「お、弁当男子か」

「飲み物、買ってきます」

直はバッグを置き、その場を離れる。

一階分を丸ごと使ったオープンスペースの社員食堂は、「トラフィック・ブレイン」の自慢のひとつと言っていい。大きなガラス窓の向こうには空と街の風景が広がり、開放感がある。テーブルは二人席から十人以上が座れるもの、カウンター席……と様々で、ソファを用意したカフェも併設されている。

食事はセルフサービスで、学食のようにすべてのメニューが個別に選べる。サラダや小鉢、スープ、スイーツなどのサイドメニューも豊富だ。直のように弁当の持ち込みも可能だった。

営業時間は朝七時から夜十時と長く、自分の業務スタイルに合わせて利用できる。唯一の禁止事項は「ミーティング以外での仕事の持ち込み」だった。

「お待たせしました」

トレイに温かいウーロン茶とフルーツ、酢の物の小皿を載せ、直は渡会のところへ戻った。

「料理、得意なの？」

「いや、特には……」

直は首を横に振った。

「ここ、メニューが豊富過ぎて、選べなくて……それで持ってきてるだけです」

「あー、なんかわかる気がする。利光くんってそういう感じだわ」

「そういう感じとは？」

「若いけど、こだわりの職人ぽい。俺はこれしか食わん！みたいな……」

そう言いながら、渡会は直の弁当の御開帳を今や遅しと待っている。恥ずかしかったが、仕方なく直はフタを開けた。

「おお、美味《うま》そう！　その魚はサバ？」

「はい、塩焼きです」

「卵焼き、筑前煮《ちくぜんに》、ご飯には枝豆……すごいなあ！　そこにプラスで酢の物か。もう完璧じゃん！」

「渡会さん、声が大き――」

直が注意しかけたときはもう遅かった。餌に集まる魚のように「何？」「どうした？」という声と共に周囲の社員が席を立って、一斉に寄ってきたではないか。

「え、あの……」

「これ、全部手作りですか？」

「ええ、まあ……」

「きれーい。奥さんが作ったの？」

「いえ、独身……」

「魚も自分で捌《さば》いたの？」

「スーパーで切り身を……」

「煮物なんて余らない？」

「冷凍して……」

「渡会さんの後輩？」

「ち、違います」

矢継ぎ早に質問攻めに合うばかりかスマートフォンで撮影する人間まで現れ、直は困惑した。

「こいつは『ユースフル・ブックス』の利光くん。転校生だから、みんなよろしくね」

なぜか渡会が紹介し、なぜか歓声と拍手が巻き起こる。なぜか直はぺこぺこと頭を下げた。

「あっ、ど、どうも……」

「レシピを知りたい人は名刺を置いていってね。ああ、友達も募集中。トシミ2《ツウ》！と覚えてね」

渡会の勝手な言葉に、数人が「メールちょうだい」「社内ＷＥＢに上げて」「料理サークルやってるんで、よろしく」などと名刺を弁当箱の脇に置いていく。

たった五分程度の間の出来事だったが、直はあ然とした。この食堂を使うのは初めてではないが、こんな事態は初めてである。できれば「トシミ2！」は阻止したかったが、後の祭りだった。

「さあ、食おうか」

「あ……ああ、はい……」

「一緒にいいですか？」

隣の席のふたり組の女性が声をかけてきた。直は「ミーティングなので」と断ろうとしたが、その前に渡会が答えていた。

「もちろん」

ミーティングじゃねえのかよ！と心の中で突っ込み、直は笑みを浮かべた。

「はい」

「あー、腹減った」

そう言う渡会のトレイには、びっくりするほど様々なメニューが並んでいた。メインの牛丼の他にポテトサラダ、きんぴらごぼうなどサイドメニューが四品に、デザートのプリンもある。その横にはミックスサンドイッチもあった。弁当騒ぎで気づかなかったのだ。

「大量ですね……」

そこで直はハッとした。

「あ、もしかして僕の分まで？」

「いや、自分の分」

渡会はサンドイッチの包みをペリッと剥がし始めた。直はまたも驚く。

「え、それ、持ち帰り分かと……」

「ワタスケさんは大食漢なんですよ」

隣の女性が言う。

「渡会さんとお知り合いなんですか？」

直は弁当を食べながら、聞いた。

「知り合いというか、ワタスケさんは有名人だから……知らない社員のほうが少ないと思います」

「知り合いじゃなくても、知り合いみたいな感じですよね」

「はあ……」

さすがは「何でも屋」だなと感心していると、ふたりはテーブルに置かれた名刺の山から自分たちのものを探し出して直に自己紹介してくれた。

「『フィオーレ文庫』……ああ、ボーイズラブの編集部ですね……」

「ご存じですか?」

「はい、ジャンルの内容だけは。女性向けの『男性同士の恋愛物』……ですよね」

言いながら、直は思わず身構える。渡会と「そういう関係」に見られるのではないか、と思ってしまったのだ。

それを察知したのか、早くもサンドイッチを食べ終えた渡会が言った。

「大丈夫、大丈夫」

「あ、はい」

そうだよな、と直は反省した。

仮にも同じ会社の社員で編集者同士じゃないか。彼女たちは仕事としてボーイズラブに携わっているだけだ。ジャンルへの偏見はプロとして情けない。

しかし、直後に直は、渡会の発言にまったく違う意味があることを知る。

「俺、そういうふうに見られるの、慣れてるから」

「……え?」

「卵焼き、ひとつもーらい!」

渡会は手を伸ばし、止める間もなく直の弁当から卵焼きをひとつ摘《つま》んだ。

「あ、ちょっと……」

女性たちは控え目ながらも、キャーと笑った。渡会は卵焼きを口に入れ、彼女たちに尋ねる。

「利光が作るものは、なんでも美味いなあ——こういう感じ？」

「うーん、惜しい！　ちょっと違いますね」

「ベタ過ぎです」

女性たちは首を横に振った。渡会は不満げだ。

「なんで？　……っていうか、本当に美味いんだけど、この卵焼き」

「渡会さんは攻めですけど、主人公キャラじゃないんですよ。当て馬ポジションです」

直は食べていたサバを思わず吐き出しそうになった。

「あ、当て馬って……試情馬《しじょうば》のことですか？」

「試情馬！　いやーん、ちょっとエロいですね」

「ええ、ライバルキャラのことです。物語を引っ掻《か》き回してくれて、いい線まで行くんですけど、最後は必ず主人公にフラれなければなりません」

「……それって誉《ほ》めてるんですか？」

直の素朴な疑問に、ふたりは強くうなずく。

「もちろんです！」

「顔、金、もてスキル……かなりの実力がないと当て馬にはなれません」

「ああ、それでか！」と牛丼制覇に移っていた渡会が叫んだ。

「この前、フィオーレの編集長に『当て馬兄さん』って呼ばれたんだよ。俺、『種馬兄さん』の聞き間違いだと思ってたのに……なんだよ、ちくしょう、がっかりだなあ……」

かなりショックを受けつつも、渡会は牛丼をどんどん胃に収めていく。その姿だけ見ると種馬の勢いなので、直は少し気の毒になった。しかし、続く発言で同情を撤回した。

「じゃあさ、利光くんは主人公として合格なわけだ」

「ええ、ばっちりです」

「ちなみに、利光くんにはどういう相手がいいの？」

知りたくねーよ、聞くなよ、と目で訴えるが、渡会は無視する。

「利光さんに合いそうなのは……あ！」

辺りを見回した女性の視線の先には、メガネをかけた黒ずくめのハンサム——鰐淵《わにぶち》が立っていた。

「いや、合うと言われても……」と直が狼狽《ろうばい》する横で、渡会が「え、俺、茂理《しげり》に負けんのかよ！　納得いかねえ！」と憤慨する。

と、こちらの騒ぎに気づいた鰐淵が近づいてきた。

「合流していいですか？」

女性たちは意味深な笑みを浮かべ、すっと立ち上がった。

「どうぞ！」

「私たち、もう行かないと……失礼します」

空いた席に腰を下ろした鰐淵を、いつの間にやらプリンに手を伸ばしていた渡会がにらみつける。

「……何ですか？」

「お前に負けるなんて……」

鰐淵は不思議そうな顔で直を見る。しかし直は「自分の相手に選ばれました」とも言えず、曖昧に笑った。

二十分後、どこがミーティングなのかさっぱりわからないまま、直は渡会、鰐淵との昼食を終えて編集部に戻った。

すると今度はなぜか、外出から戻ってきていた小泉に噛《か》みつかれた。

「もー、ワタスケさんとランチだったんですって？　誘ってくださいよう！」

「そんなこと言われても、小泉くんはいなかったんだから――っていうか、どうして知ってるの？」

小泉はパソコンの画面を指差す。社員向けの社内WEBサイト「トラフィック・ブレイン・ニュース」の投稿ページが開かれ、直の弁当の写真がUPされていた。

「え……ちょっと、何これ！」

写真の下には「ユースフル・ブックスの転校生、としみ2！さんの手作り弁当。セルプロの渡会氏絶賛！」という説明がつき、「美味《おい》しそう！」「レシピ教えて」「としみ2！って誰？」というコメントが続々、流れていく。

「今度、僕にもお弁当作ってくださいい。魚は苦手なんで、ハンバーグがいいですう」

「なんでだよ……」

直はめまいがした。小泉の声ももはやBGMにしか聞こえない。

この会社のノリ、スピードに、俺はついていけるのだろうか。入社して時間が経《た》てば経つほど、会社を知れば知るほど、不安と困惑が増していくなんて――。

「利光さん、三番に内線です」

　他の社員に呼ばれ、直は我に返った。電話の受話器を取った。

「はい、利光です」

『あ、当て馬兄さんだよ』

「……ああ、はい……先ほどはどうも……」

『ごめんね、ミーティングにならなくて』

　一応、渡会も気にしていたようだ。

「いえ……」

『それでお詫《わ》びの意味も込めて、仕切り直ししたいんだけど……会社が終わってから、外で』

「はあ……」

『もちろん、俺のおごり。美味いイタリアンの店を知ってるんだ。お願いします』

「そんな……」

　そう言われると断りにくい。面倒くさい人であるが、なぜか憎めないのだ。そこが

「知らない社員のほうが少ない」と言われる所以《ゆえん》かもしれない。

『ふたりだけで……どう？　今度は邪魔が入らないようにするから』

「……わかりました」

『よかった！　じゃあ、日時を連絡するよ』

「はい」

『ところで……今の誘い方さ、ボーイズラブっぽくなかった？』

直の頭の中で、何かが弾《はじ》ける。

『今月の新刊を見て参考にしたんだけど、これ、結構使えると――』

「すみません、外線が入ったので」

渡会の言葉を遮り、直は強引に受話器を置いた。

＊＊＊＊

宵闇の中、直は仕事を終えて家路に急ぐ人の波に逆らって歩いていた。渡会と約束した店へ向かうためだが、足が重い。

　今日も企画に「あと一歩」の判を押された。面白そうだと言われたものもあったが、なんとそっくりな企画がすでに社内で進行中だったのだ。中村は「目の付けどころがいいという証拠だ」と励ましてくれたが、直はかなり落ち込んでいた。渡会と飲んでいる場合じゃない、「虎脳祭《とらのうさい》」どころじゃない——と思うが、約束は約束である。

　人々のしゃべり声、何かを主張している服装、派手な看板……雑踏とコマーシャリズムに押し潰されるような息苦しさを感じながらも、直はどこかに企画のヒントはないか、探す。だが、すべてが直を拒絶するように流れていく。

　携帯電話が鳴った。画面に流れた名前を見て、直は微笑《ほほえ》んだ。

「もしもし？」

『柳沢《やなぎさわ》です』

「お久しぶりです！」

　電話の主は以前の同僚、柳沢詠美《えみ》だった。七歳年長で、職場では姉のように直の世話を焼いてくれた。転職した後も、時々こんなふうに連絡をくれるありがたい存在だった。

『ううん、どうしてるかなと思って……身体《からだ》はどう？　新しい会社には慣れた？』

直は明るく答えた。

「ありがとうございます。身体は問題なし。会社は……なんとかやってます」

『それならいいんだけど……利光くん、根を詰め過ぎるから』

優しい声が胸に染み渡る。

自分でも気づかないほど自分を追い込んでしまった直を心配し、休むことを勧めてくれたのが詠美だった。感謝しているからこそ、編集者としても社会人としても成長したと言われたい。だから、些細《ささい》な泣き言は言いたくなかった。

「すいません、出来の悪い弟で。でも、大丈夫ですよ。実はこれから、先輩と飲み会なんです」

『あら、珍しい。そういうの、苦手だったのに……』

「そういうのが大好きな人ばっかりなんですよ、今の会社。社員が多いせいもありますけどね。柳沢さんこそ、お身体はどうですか？」

詠美は現在、ふたり目の子を妊娠中だった。出産ぎりぎりまで働いて、産休に入ると聞いている。

『もう、お腹《なか》ぱんぱん！　見たらびっくりするわよー』

背後から「お母さん、おすもうさーん」という可愛《かわい》い声が聞こえてきて、直は笑ってしまった。

「大事にしてください」

『ありがとう。あなたもね』

「はい。ご主人によろしく」

直は幸せな気分で電話を切ると、少しだけ軽くなった足取りで待ち合わせの創作イタリアンの店へ急いだ。

店員に案内されたのは、シートの背中側を壁で仕切った「半個室」と呼ばれる席だった。格式張っておらず、かといってカジュアル過ぎることもなく、落ち着いている。いい店だなと思っていると、ジャケットとブリーフケースを手に渡会が到着した。

「悪い、遅くなって……」

「いいえ。お忙しいのにありがとうございます」

「礼はいいよ。誘ったのは俺だから」

「でも、時間を割いていただいてることは間違いないので……ありがたいです」

向かいの席に腰を下ろした渡会は目を見開き、感心したように言った。

「利光くんは折り目正しいね。実直で、名前のとおりだな」

渡会は変人だが、誉められると悪い気はしない。

「そうですか？　融通が利かないってよく言われますけど……」

「真面目ってことだろ？　悪いことじゃないよ。俺なんて緩み過ぎだ」

「羨ましいです」

　心にもないことを、というような表情で渡会はふっと笑った。それまでの軟弱な言動とはまったく異なる色気を感じ、直はドキッとする。恋愛的なときめきではなく、もしかしたらあれはすべて戦略、演技なのかも……。

「さて、飯だ。嫌いなもんとかある？　アレルギーとか……」

　渡会がメニューを開く。

「いえ、ありません」

　直は答える。すると渡会は「んじゃ、俺が決めるね」と開いたばかりのメニューを閉じ、注文を取りにきた店員に言った。

「Bコースをふたつ。それと……ビールでいい？」

「あ、はい」

　直がうなずくと、店員が「コースはお料理が選べます」と付け加えた。

「ああ、そうなの。面倒だなあ……被《かぶ》らないようにして、そっちで適当にシャッフルして持ってきて」

店員はびっくりしたようだが、直はもっとびっくりした。しかし、渡会は楽しそうだ。

「何が来るのか、わからないほうが面白いだろ？」

「……まあ、そうですけど……」

直は財務大臣に従うことに決め、肝心の話題を切り出した。

「それで『虎脳祭』のことなんですが——」

「その前に……利光くんって、うちに来る前はどんな会社にいたの？　出版社？」

「大学出版局です」

直が大学名を告げると、渡会はパッと顔を明るくした。

「うそ、俺の母校！」

「あ、そうなんですか！」

「へえ……出版局の本はずいぶん買ったけど、編集してる人間に会ったのは初めてだ。その節はお世話に……」

深々と頭を下げられ、直は恐縮する。

「いえ、こちらこそ……」

料理に先立って届いたビールで乾杯し、話を続ける。

「畑違いじゃないけど、離れたところに来たもんだね。端から端というか……」

渡会の指摘に、直は思い切ってうなずく。

「はい。結構、戸惑ってます」

「面倒くさい?」

「正直に言わせてもらえれば。前のところは社員が数人で、行事もほとんどなかったですし……」

「わかる。『虎脳祭』もだけど、あのノリがダメで辞める人間もいるからね」

「やっぱり!」と身を乗り出して言ってしまい、直は後悔する。

「あ……すみません……」

「いや、いいよ。俺、社長じゃないし」

「でも、『虎脳祭』を企画したんですよね」

「俺は楽しいと思ってるけど、そうじゃない人がいるのも知ってるし、それは仕方ないと思うよ。全員が何の疑問も抱かずに右に倣え!も、それはそれで気持ち悪いじゃん」

渡会が意外に冷静なことに、直は感心する。主観と同時に客観的な目も持っているらしい。

前菜として、豚肉のテリーヌと小海老《えび》とアボカドのタルタルが運ばれてきた。話を中断し、どっちがどっちを食べるかでしばし揉《も》める。

「料理で思い出したけど……弁当、さっそく社内ＷＥＢに掲載されてたね」

テリーヌにナイフを入れながら、直はうなずいた。

「ええ、びっくりしました！　コメントもすごかったし、面識のない人からメールもばんばん届いて……」

「迷惑だった？」

直は手を止める。

「……いえ」

正直なところ驚いたし、初めのうちは困惑した。しかし冷やかしはなく、大半が感想と質問で、中には親切な提案もあった。入学したての一年生に一気に友達が百人できたような気がして、少なからず直は感動した。迷惑だという気持ちは、今はもうない。

「『虎脳祭』ができてからなんだよね、そういうふうになったのは」

「え？」

「まあ、今のは俺の自慢話」

渡会は海老を食べ、楽しそうに続ける。

「百人の社員がいたとして、それぞれが何か作っても百個しかできない。でも、情報を共有して協力しあえば、二百のアイデアが出るかもしれないし、三百の商品が作れるかもしれないだろ？」

「そうですね。そのとおりだと思います」

直は納得する。

「社員なのに、自分が働いてる会社のことを知らないなんて損だよ。得意な人に甘えられるところは甘えて、自分が得意なものは差し出せばいい」

「……あの……どうしたらそんなに前向きになれるんですか？」

素朴な問いかけに、渡会は大声で笑った。

「ごめん、ウザいよな」

「いえ、そんな……」

「いいよ、よくそう言われるから」

「……すみません、ちょっと思いました」

直は言った。また渡会が笑う。

軽口を叩《たた》く気になったのも、直が渡会という男の考え方に惹《ひ》かれ始めていたからだった。いや、渡会そのものに興味を抱いたのだ。

「よく言うだろ、好きなことでも仕事にすると、楽しくなくなって当たり前だって」

「ええ」

「それがイヤなんだよね」

ビールを飲み干し、渡会は言った。

「意味はわかるよ。俺だって失敗して謝ることもあるし、落ち込むこともある。責任を持って取り組めばこそ、楽しいばっかりじゃいられない。それでも、俺は楽しい気分で会社に来たいんだ。シンデレラの舞踏会みたいに、魔法やダンスや恋の出会いがあると信じたい」

「会社が舞踏会……」

バカバカしいと一蹴する人間もいるだろう。しかし、直はその発想に打ちのめされた。

「エンタメ業界って、読者に魔法をかける仕事だろ?」

「出版社も……エンタメなんですか?」

「俺はそう思ってるよ。大学出版局の本だって、学術書だけど面白いじゃん。著者が見事にオタクばっかりでさ」

「……あああ！」

直は早くも二度目の落雷に打たれた。

「アカデミック過ぎて難しいから、完璧には理解できない。でも、著者にテーマや研究内容への愛があふれまくってるのはわかる」

「はい、そうです！　そうなんです！　でも理解されないのは辛《つら》いです！」

電撃でぶるぶる震える直を見て、渡会はまた笑った。

「……利光くん、可愛いね」

「……は？　そうですか？」

「うん」

「そんなことはないです。さっきも言ったとおり、融通が利かないし……企画も落とされてばかりです」

何かの箍《たが》が外れてしまったのか、つい愚痴を口にしてしまった。

すると渡会は自分と直のビールのお代わりを店員に頼み、興味津々という顔つきで尋ねてきた。

「何、どんな企画を出したの？」

こうなったら……と直は開き直り、ため込んでいた悩みをぶちまける。

もう一歩までは行けるのに、そこから先へジャンプできないこと。ひねり方がよくわからないこと。自分の感覚が世間とズレているのではないかという不安……やがて、自分を追い込んで体調を崩し、出版局を辞めたことまで話していた。

「どこまでやればいいのか、わからなくなってしまったんです。やってもやっても、満足できなくて――キリがないのは理解してたんですけど……」

直は編集者という仕事に誇りを持っている。まだまだ修業中の身だが、だからこそ真摯に向き合ってきたつもりだ。就職する前からすでに「本が売れない」と言われる世の中になっていたが、短い人生の中で多くの「いい本」に巡りあい、友のように励まされてきた直は、今度は自分が「いい本」を送り出すのだという姿勢だけは失いたくなかった。

しかし、そんな一途《いちず》さ、頑《かたく》なさが直をがんじがらめにした。編集者に必要な柔軟性や広い視野に欠け、独りよがりな本しか作れていないのではないかと思い始め……崩れていった。自信を失い、情熱を見失ってしまったのだ。今もまだ、その欠落感は拭えていない。

「楽しかった？」

「え？」

直は顔を上げる。渡会が優しい目で見ていた。

「あれもやろう、これもやりたい……そう思った？　パフェの上にいちごもアイスクリームもバナナも載せた。でも、チョコレートソースをかけて、ウエハースも加えたほうが美味しそうだし、ワクワクする……そういう感じだった？」

「……いいえ。何か足りないって……そればかり考えてました」

何が足りないのか、わからなかった。いや本当に足りないのか、やり過ぎなのかもわからなくなった。

「それで、まったく違う『トラフィック』に来たんです。以前のままじゃダメだと思って……でも、行方不明になった自分を見つけるのも難しくて……」

「好きなものはある？」

渡会は、心情をぶちまけ過ぎて脱力気味の直に尋ねた。

「趣味でも何でもいいよ。飯とか、女の子のタイプとか……何でもいい。好きなのかどうかわからなくても、どうしてもこだわっちゃうものとか」

「……はい、いろいろあります」

「逆に、めちゃくちゃ嫌いなもの、苦手なものは？」

「もちろんあります」

「じゃあさ」と渡会はテーブルに身を乗り出して言った。まるで、犯罪を持ちかける悪党のように。

「そのどっちかに、思い切りフォーカスしてみな。ゼロか百で、間はなし。世の中や他人の意見は全部無視して、片方にぐーっと寄ってみるといい」

「え……」

「利光くんがキツいのは、変われないからじゃないと思う。振り切れてないからキツいんだよ」

「振り切る……？」

「そう。あっちにふらふら、こっちにふらふらしてるから、自分がわからない。わからないから、自分の判断に自信が持てない」

「はい……でも……」

以前は偏り過ぎて苦しくなったのだ。またそれをやるのは、元に戻るのと同じではないだろうか。変わりたいから、ここに来たのに……。

それを率直に伝えると、渡会は首を横に振った。

「あのね、変わる必要なんかないんだよ。大事なのは、自分が何者かを知ること。だってドレスを着ても着なくても、シンデレラはシンデレラだろ？」

「はい」

「でも、シンデレラはドレスを着なければ王子には出会えなかった。だからいろんな服を着てごらんよ。好きな服、似合う服、好きだけど似合わない服……どんな服を着ても、君は君だ。着る勇気さえあれば、君も知らない君に出会えるかもしれない」

「知らない自分……」

「そうだ。もしかしたら、知らない自分なんていないかもしれない。でも、それならそれでいいじゃないか。自信の確証になるんだから」

その言葉はまるで魔法使いの魔法のように、力の抜けた直の身体を満たした。

「企画の考え方だけでいいから、徹底的に振り切ってみな。結果は考えないで、好き・嫌いだけを追求するんだ。そのうち、自分の中の『徹底的』がなんとなく見えてくる」

「そんな、簡単に――」

「簡単だよ。難しくなんかない。怖がってるだけだ」

直はムッとした。

「怖くなんかありません」

「じゃあ、やってみな。理性じゃなくて感覚に身を任せるんだ。それを何度もやってくうちに自分そのものが見えてきて、三十とか六十五とか、半端な場所でも立ち止まることができるようになる。どこにいても、誰といても、何をしていても、これが自分だ！ってわかるようになる」

　猛烈な何か——ひどく熱い何かが、直の中に込み上げてくる。その状態でしばらく渡会を見つめた後、直は唐突に泣き出してしまった。

「う……」

　落雷の後には激しい雨が降る。自然の摂理を止められないように、直もこぼれ落ちる涙を止められなかった——というほど、きれいなものではなかった。むしろ、みっともないほどの号泣だった。

「うわ、ちょっと……だ、大丈夫かっ！」

　さすがの渡会も狼狽する。

「うー……うううー……」

　直はおしぼりを掴《つか》み、首を左右に振った。

「え、ダメ？　そ、そっか……じゃあ、しょうがない、徹底的に泣け！」

　渡会は立ち上がり、直の横に移動した。肩を抱かれ、直は子どものように泣いた。

　何をそこまで思いつめていたのか。何が心をそこまで打ったのか。直にはよくわからなかった。だが、後になって思った——大切なのは原因を探ることではなく、どれも大したことじゃないと笑い飛ばせる勇気だと。


「……すみませんでした……」

二時間後、店の外で直は渡会に頭を下げた。

涙が止まった後も、渡会は直の悩みに耳を傾け、慰め、アドバイスをしてくれた。

そして今夜も「虎脳祭」の話はほとんどできずじまいだったが、渡会はご機嫌だった。

「もう、いいって。こう言うとアレだけど、俺は大いに楽しんだ。面白かったよ」

直は恥ずかしさと清々《すがすが》しさが半々という不思議な心持ちで、また頭を下げる。

「それならいいんですけど……俺の話ばっかりで……」

「いいよ。最初からそのつもりだったから」

渡会の言葉に、直は首を傾《かし》げる。

「そのつもり?」

「うん」

渡会はブリーフケースの中からＤＶＤのケースを取り出した。今までの「虎脳祭」と、舞台裏を撮影したものだという。

「詳しいことはこれを観《み》ればわかる。でも、利光くんのことは、こうやって話してみなけりゃわからないからね。『虎脳祭』は、イベントそのものに意義があるわけじゃない。その後のため、社員のためにやるもんだ。打ち合わせも同じ。利光くんと仲良くなれれば、それでいいんだ」

「渡会さん……渡会さんほど男前な人に会ったの、初めてです」

直は言った。心の底から言った。

「え、マジで？　もっと言って」

「本気です。カッコいいし、痺《しび》れました。なのに、当て馬兄さんなんて……かわいそうです……」

直は涙ぐむ。

「利光……お前、酔ってるな！」

渡会の声が舗道に響いた。

3

「失礼します——って、いない……」

　ノックして開けたドアの向こうは、がらん……としていた。渡会《わたらい》に呼ばれてセールスプロモーション部の会議室に来たのだが、誰もいなかった。

　直《すなお》はイスに座り、ふーっとため息を漏らした。しばらくぼんやりしていたが、不意に髪をかきむしる。

「あああ……」

　先週、渡会との食事の席で泣いてしまったことが脳裏によみがえるとこうなるのだ。仕事で忙しくしているときはいいのだが、気を抜くと失態がフラッシュバックし、どうにもいたたまれなくなる。

　泣いたことはもちろん、覚えている。泣いた理由も覚えている。渡会の言葉に胸を突かれ、それまでため込んでいた感情が噴き出してしまったのだ。というより、噴き出すまで、そんなものがあることにすら気づいていなかった。

二十八にして、穴があったら入りたいとはこのことか、と痛感する。だが、あの日を境に、身も心も雨上がりの空のようにさわやかになった。

酒が抜けてから改めて渡会に謝罪し、お詫《わ》びをしたいと言ったのだが、「感謝してくれればいい」とかわされ続けている。それが渡会らしさなのだと思うと、多くの社員が渡会に惹《ひ》かれる気持ちが直にも理解できるようになった。「虎脳祭《とらのうさい》」が愛されているのは、祭りが渡会そのものだからだということも。

そんな中、三度目の正直とばかりに渡会に呼び出され、直はここに来た……のだが、肝心の本人がいない。

携帯電話を取り出すと、渡会からメールの着信があった。羞恥に身もだえている間に届いていたらしい。

《ごめん、ちょっと遅れる。待ってて。》

「わかりました」と返信すると、キャビネットの上の壁に並んでいる大小様々な賞状が目に留まった。時間もあることだし……と直は立ち上がって近づき、何を表彰したものかを見る。

「……映像コンテンツ部門最優秀賞　(株)トラフィック・ブレイン　渡会創介《そうすけ》殿

――」

目に入った一枚は、渡会の業務実績に対するものだった。社内コンペかと思いきや、地方の新聞社からの表彰である。

感心しつつ、続いて隣の賞状へ視線を移す。

「……情報・デジタル・プロモーション大賞　審査員特別賞　(株)トラフィック・ブレイン　渡会……」

直の目の動きが速くなる。すべて見終えてから数えてみたところ、飾られている賞状の半分は渡会に贈られたものだった。

感心を通り越し、直はあ然とする。変人だが有能なのだろうと思っていたし、周囲からもそんな話を聞いていたが、ここまでとは……スーパーマンではないか。

直は力なくイスに座り直した。顔よし、頭よし、性格はちょっと変――もとい、面倒見がよく、親切……そんな人の前でいい歳《とし》をして号泣してしまった、とまた凹《へこ》みそうになる。しかし、そのスーパーマンの言葉を思い出した。

(世の中や他人の意見は全部無視して、片方にぐーっと寄ってみるといい)

(変わる必要なんかないんだよ。大事なのは、自分が何者かを知ること)

深呼吸をし、直は考える。好きなもの、嫌いなもの……。

「理性ではなく、感覚に身を任せる……」

この一週間、直は仕事の場面でその課題に取り組んできたつもりだが、なかなか上手《うま》くいかなかった。まだ理性を手放すことに抵抗があるらしい。どうしても結果を考えてしまうのだ。

でも、今は関係ない。

好きなもの――真っ先に思い浮かぶのは、ミュージカル映画だった。最近の作品も好きだが、フレッド・アステアやジーン・ケリーなど伝説のスターが華麗なダンスを披露する名画が大好きなのだ。

きっかけはバレエ教室だ。幼い頃、短い間だが通ったことがある。親も自分も「体操」の延長で楽しくレッスンに通っていたのだが、小学校に入り、周囲の男子にからかわれて恥ずかしくなり、やめてしまったのだ。

以来、人前で踊ることはなかったが、ミュージカル映画を観《み》ると心が軽くなり、嫌なことも忘れられた。有名なシーンの原文の歌詞を覚え、部屋でひとり、こっそり踊ったりもした。

そういえば、と直は思う。前の会社で自分を追い込んでしまったときから今まで、ずっとミュージカル映画から離れていた。疲労がたまり過ぎるとストレス解消すら億《おっ》劫《くう》になるというが、そんな感じだったのかもしれない。

　直はイスを立った。目を閉じ、大好きなジーン・ケリーの姿を思い浮かべる。耳の中に流れてきたメロディは『私を野球に連れてって』だ。頭にはハット、手にはステッキ。隣には、揃《そろ》いのストライプのスーツに身を包んだ若きフランク・シナトラがいる。

　直は小声で歌を口ずさんでみる。メジャーリーグの試合で七回に必ず流れる、あの歌を。

　歌詞はしっかり覚えていた。やがて目に見えないハットを被《かぶ》り、ステッキを手に、軽快にステップを踏み始める。そのとき、直はしがない一編集者ではなかった。ダイナミックでセクシーなジーン・ケリーだった。

　コミカルなタップダンスに入った辺りで、息が切れる。さすがにタップは難しい……と思っていると、ガタッと音がした。

　我に返り、ドアのほうを見る。

　渡会がいた。

「……え……」

　嫌な汗がどっと噴き出す。

「いや、あの、今のは……っ……！」

「ピーナッツとキャラメルポップコーンが食べたくなってきた」

渡会の意外な一言に、直は目を丸くする。

ピーナッツとキャラメルポップコーンは歌詞に出てくる食べ物だ。直もそれに応えるべく、続く歌詞をもじって返す。

「僕は……家に帰りたいです……」

渡会はにこっと笑った。

「あの映画、俺も大好き」

くす玉が頭上で派手に割れたような気がして、直は渡会に駆け寄った。

「え、そうなんですか？」

「DVDはほとんど持ってる」

「いいですよね！　ジーン・ケリー、最高ですよね！」

「うん。アステアもいいけど、ジーン・ケリーのほうが好きだな」

「お、俺もです！」

興奮気味に話しかける直を見て、渡会はまた笑った。

「利光《としみつ》くん、落ち着いて」

「……あ、すみません、俺って言っちゃいました……あー、びっくりした……」

「遅れてごめんね」

「いえ……」

しかし落ち着けば落ち着いたで、下手なダンスを見られたことがたまらなく恥ずかしくなった。まさか「穴があったら」第二弾を、同じ相手にやってしまうとは……。

「あの、今のは……ちょっとした憂さ晴らしというか……だ、誰にも言わないでください！」

別の意味で興奮し、直は必死に言った。

「わかった、わかった。約束するから落ち着けって」

「はい……うわー……」

直は会議用のテーブルに突っ伏す。

「……俺――じゃなかった、僕、最低ですね……」

「俺」でいいよ、と渡会は言い、続けた。

「なんで最低？　全然いいじゃん。好きなだけだろ？」

「……そうですけど……会社で……」

声をかけられて半身を起こしたものの、直はうなだれる。

「——落ち込んでる場合じゃないですね、すみません。それで用事というのは……」

「ああ、そうだった」と渡会はイスを寄せる。

「午前中、総務の木下《きのした》さんに会ってさ——」

「虎脳祭」では毎年、いくつかの部署の業務紹介映像を作って上映することになっている。全部署分をやると祭りが半日かかるので、三分の一にして持ち回りで作成するのだが、その映像のテーマを絞り込むよう木下から頼まれた、というのだ。

「案を募集して、会議で決めるんじゃないんですか？」

渡会はうなずいた。

「もちろん、その予定。でも案が出なかったり、なかなか決まらなかったりで準備期間が減って、祭り近くになると殺伐としてくるんだとさ。だから俺と利光くんでひとつ、ふたつ案を作っといて、それを叩《たた》き台にしたいらしい」

「じゃあ、それで本決まりってわけじゃないんですね」

「そう、あくまでも叩き台。そこから発展していい案が出るかもしれないし、俺らが出した案に決まるかもしれないけどね」

直は、渡会から借りた過去の紹介映像を思い出す。昨年度は昔話や民話をベースにした寸劇で、各部署が紹介映像を作っていた。笑いあり涙ありで、どの作品も短いなりにクオリティが高かった。

「どの部署もやり始めると凝るんだけど、決まるまでがね……だから、ある程度の道筋をこっちで決めてくれと」

「なるほど。でも、今までのテーマは使えませんよね」

「まあね」

「うーん……」

眉をひそめて考えていた直は、軽い気持ちで思いつきを口にする。

「さっきのは？」

「さっきの？」

「ミュージカルです」

しばし無言で見つめあった後、直は笑い出した。

「あはは、冗談です」

「いや、いいんじゃない？　うん、いいよ！」

「え、でも……歌とダンスですよ？」

渡会は「何か問題でも？」とばかりに肩をすくめる。

「堅苦しく考えることないよ。歌とダンスのクオリティを審査するわけじゃないし、社外の人間に見せるもんでもないんだから」

「嫌がられませんか？」

「嫌なら別の案が出る。というか、出せと言う」

「まあ、そうですね」

「でも……」と渡会はいたずらっ子のような目つきになった。

「俺は推す……ミュージカル案を徹底的に推してやる……ふふふ……」

「だって面白いじゃん！　利光くんですらできるんだから、大丈夫だろ」

「え……わ、渡会さん……」

渡会の発言に、直はムッとする。

「ですらって……そりゃ下手くそですけど、簡単じゃないですよ」

「そう？　俺は映画を観てるからすぐにわかったけど、知らなければ『何やってんの？』ってレベルだったよ」

「あれはストレス解消で、人に見せるつもりじゃなかったからです。僕、小さい頃にちょっとだけバレエを習ってたんです。素人といえば素人ですけど、それでもまったく経験のない人よりはマシなはずです。実際、歌も振付も完璧に暗記してたし……」

直は一気にまくしたてた。

他の人間にけなされたのなら、きっと無視できたに違いない。好意を持ち、尊敬する渡会だからこそ反発してしまった。数々の賞状を目にした分、認められたいという気持ちが生まれたのかもしれない。

「へえ。じゃあ、率先してやりなよ」

「やりますよ！」

渡会がにやりと笑う。しまった、と思ったときは遅かった。ハメられた。

「いや、今のは……売り言葉に買い言葉で――」

「あ、俺が売りつけたっての？　心外だなあ。冗談だろうが、先に言い出したのは君でしょうよ」

ずるいぞ、汚いぞ……と直は心の中で悪態をついたが、もう遅い。

「で、でも、この案が通るかどうかはまだわからないですよね」

「利光くん……俺の人気とコネクション、見てなかったの？」

社員食堂での一件がよみがえり、直は言葉に詰まる。

「ついでに言うと、そこの賞状だけど――」

「ああ、見ました。すごいですね！」

つい、ケンカ腰でぶっきらぼうに言ってしまった。大先輩に対する口の利き方ではなかったが、止められなかった。

言ってから、またやってしまった……と直は思った。渡会に対してはどうも感情的になってしまうらしい。

「それ、俺の個人名になってるけど、俺の力だけでもらったわけじゃないから」

意外な返しに、右肩上がりの曲線を描いていた直の苛立《いらだ》ちが止まる。

「え？」

「大勢の社員の助けを借りて仕上げた仕事への評価だから。俺のコネクション、甘く見ちゃいかんよ」

渡会の顔に浮かぶ笑顔は、独りよがりの不遜な自慢から来るものではなかった。

「ついでに言うとさ、その賞状だけ見るとすげーって感じするでしょ。でも、何百……は大げさだな、何十もやった企画のうちのひとつに過ぎないんだよね。ひとつ当てる裏で山ほど失敗して、部長を泣かせてるんだよ、ははは」

直の胸に、不思議な感情が込み上げる。

なんだよ、この人。なんなんだよ。バカみたいに見せておきながら、すごい男前じゃないか。認めたくないけど、めちゃくちゃ悔しいけど……カッコいい。

「振り切ってやってみれば？」

この男に負けたくない。この男に自分を認めさせたい。この男に頼りにされたい。

こんな男になりたい。いや、超えたい。

「……受けて立ちます。過去最高の『虎脳祭』だったって、社長に言わせてやります」

「よ、男前。その言葉、忘れんなよ」

渡会は力強くうなずいた。

「でも、俺は敵じゃないから。利光くんが大将で俺は参謀。そこんとこ忘れないでね」

「……あ……」

そうだった、と直はうなだれた。

どうしてこうなるのだろう。まだ、酒の席での失態を反省中だというのに。

自分がここまで単純な男だとは知らなかった。渡会が一枚も二枚も上手なだけなのか、自分がそこに乗ってしまうだけなのか。だが、これが「ドレスを着た自分」だとしたら——。

「すみません、俺……なんか、あの……」

変です、と言いかけてやめた。謝っておきながら、言い訳を口にするのは最悪だ。

「はい、仕事上のやりあいでいちいち落ち込まない」

ぽん、と頭を軽く叩かれ、直は顔を上げた。

「仕事？　今のが？」

「そう、仕事。だから、俺の能力とコネクションはどんどん利用しな」

そう言ってくれた渡会を直はじっと見つめる。男が男に惚《ほ》れるというのは、こういう感覚なのかもしれない、と思いながら。

「はい」

それからもう一、二案をふたりで考えた。それを直が簡単な企画書にまとめるところまで決め、会議は終了した。

＊＊＊＊

「利光さん」

翌日、直が自席で担当する本の原稿のチェックを行っていると、イスのキャスターを動かして小泉が座ったままますーっと寄ってきた。

「『虎脳祭』のテーマ、決まりました？」

頭に「ミュージカル」が浮かんだが、まだ本決まりではないので言う段階ではないと思い、直は首を横に振った。

「いや、まだ。アイデア絶賛募集中。何かない？」

「えーと……女装」

それも「ミュージカル」に加えられないこともない。

「なるほどね。ありがとう」

直の返答に、小泉はハッと目を見開いた。

「利光さん……うちの社員っぽくなった！」

「え？」

「だってちょっと前なら、女装って単語に変な反応してたでしょ？　今、普通でしたもん」

「ああ……そうかも……」

言われるまで気づかなかったが、小泉の指摘は正しかった。

「虎脳祭」の運営委員に決まってから、急激に「トラフィック・ブレイン」に慣れた気がする。そう考えると、荒療治的ではあるが、新入りに運営を任せるというやり方は理に適《かな》っているのかもしれない。

しかし、運営委員になっただけでここまでの変化はあり得ない。渡会という男と親しくなったことのほうが、影響としては大きい。人は環境によって変わると思っていたが、その環境を構成する人によって変わるのだ……と直はしみじみ思う。

「ワタスケさんが一緒なんて、ラッキーですよねえ。まあ、考え方によっては面倒くさいかもしれませんけど……」

「そう？」

「そうですよ」と小泉は楽しそうに笑った。

「楽しくなるためなら手抜きなし！の人ですもん」

「言えてる。遊んでるわけじゃなくて、楽しみながら仕事をきっちりやって、結果も出して……すごいよ」

直は会議室で見た表彰状について触れる。すると小泉はうん、うんとうなずいた。

「俺ひとりの力で取れたんじゃない、沢山の失敗をしたからここにたどり着いたんだ……でしょう？」

「え……」

小泉がその話を知っていたことに、直はショックを受けた。正確には「渡会が自分だけでなく、小泉にも話していたこと」がショックだったのだ。なぜショックなのか、わからないことにもがく然とした。

「カッコいいですよねー、変な人だけど」

「ああ……うん」

「男だけど、惚れちゃいますよねえ」

ここで二度目のショックが直を襲った。

男も惚れる男――昨日、直はまさにそれを実感した。渡会はそういう要素をいくつも持っている。他の人間が同じ感覚を抱くのも当然のはず……なのに、なぜか胸がモヤモヤしてしまい、気持ちとは逆の反応を返してしまった。

「そ……そうかな。ハンサムだけど、俺はそこまでは感じないな」

「そうですかあ？　僕はワタスケさんならすべてを捧《ささ》げてもいい――なんて思っちゃいますけど……キャー」

小泉お得意の「ひとりミニコント」も頭に入らない。心にかすりもしない。

これはおかしい――どうしたんだ、俺は……。

「その辺にしとけよ、小泉。利光さん、引いてるじゃないか」

低い声に顔を上げると、黒ずくめのメガネ男子こと鰐淵《わにぶち》が立っていた。手にしていた数冊の書籍を直に差し出す。

「これ、西川さんの本です」

「あ、わざわざありがとうございます」

直が編集中の本の一冊に、かつて雑誌「ダンテ」に掲載されていた連載をまとめたものがある。その担当編集者が鰐淵だった。著書の見本がほしいと頼んだところ、持ってきてくれたのだった。

「鰐淵さんはいつもそうやって僕をいじめるんですよねーっ」

小泉は頬を膨らませたが、慣れているらしく、鰐淵は取り合わない。小泉も慣れているのか、「コーヒーでも飲んでこようっと」と席を離れてしまった。

「しょうがないなあ、あいつは……」

鰐淵が肩をすくめる。直は笑った。鰐淵の登場で「なぜかショック」が少し緩和されたようだ。

「この連載、すごく好きだったんですよ」

直は言った。鰐淵は直と同じ、二十八歳だった。渡会や小泉とは対照的に落ち着いており、風貌も手伝ってインテリジェンスあふれる色男という感じで話がしやすい。

「あ、ありがとうございます」

「だから、書籍になるのは個人的に嬉《うれ》しいんです」

その連載は、フリーライターの西川が様々な物作りの現場へ行き、最初の工程をレポートするという内容だった。すでに終了しており、現在は小売店などの販売員を取材する記事を連載中だ。

「実は、連載時のアンケートはあまりよくなかったんですよ。でも、就職活動中の大学生の間で口コミが広がって、書籍化が決定したんです」

「あ、そうなんですか。じゃあ、連載時の『コレの一番目』ってタイトル、変えたほうがいいんですかね……?」

直は鰐淵に確認する。

「うん、変えたほうがいいと思います。書籍のタイトルとしてはインパクトに欠けますから。連載タイトルは、帯とあらすじに入れればいいんじゃないかな」

「ちなみに、今連載中の『売る人たち』の書籍化は……?」

鰐淵は悩ましげな表情になった。

「今はまだ、なんとも……でも、利光さんの言いたいことはわかります。シリーズ化するなら、タイトルを揃えたほうがいいんじゃないか、ってことですよね」

鰐淵の頭の回転の速さが嬉しくなり、直は強くうなずいた。

「はい」

「まあ、そこはあまり考えなくてもいいんじゃないかな。装丁デザインを揃えるとか、後付けでも対応できると思うし……」

そこへ、缶コーヒーを三本抱えた小泉が戻ってきた。得意げな顔で、直と鰐淵に一本ずつ差し出す。

「はい、お兄さんたちに可愛《かわい》い弟からの差し入れですよう」

直は鰐淵と顔を見合わせ、小泉に向かって深々と頭を下げた。

その日の夜、直は最寄り駅からアパートへの道を歩きながら、小泉との会話で受けたショックについて考えていた。気持ちを切り替えることがどうしてもできない。

モヤモヤするのは、渡会が自分にしてくれた話を小泉にもしていたからだ。渡会が話してくれたとき、自分だけの特権だと思ったわけではない。ただ、そうでなかったと知って悔しくなったのだ。

渡会に対する「男が惚れる男」という評価も同じだとは思わなかった。そう思う人間が多いことは、運営委員会での発言や社員食堂での様子から容易に推測できたはずだ。

渡会にとって自分は特別な存在なのだと無意識のうちに思っていたのだ。渡会の魅力を理解し、もっとも評価しているのは自分だけだとも。それが勝手な思い込みだったと気づき、小泉に嫉妬したのだ——たったあれだけの些細《ささい》な会話で。

バカじゃないの、と直は口の中でつぶやいた。弟や妹が生まれて、赤ちゃん返りするガキかよ、俺は。こんなことでグジグジ悩む暇があったら、渡会さんのアドバイスを思い出して企画のひとつでも考えるべきじゃないか——。

アパートの外階段の手前で、直は立ち止まった。向かいの民家が解体中で、土の上に大量の古い木材が積まれている。同じ家主が新しく家を建て直すとかで、少し前、直の部屋にも建築業者と一緒に「騒音などでご迷惑をかけるかもしれませんが」とわざわざ挨拶にきてくれた。

(あのね、変わる必要なんかないんだよ。大事なのは、自分が何者かを知ること)

新しい家が建っても、ここに住む人は変わらない。だが、家を建て直すと決め、新しい家で暮らすことで、何かが変わっていくのかもしれない。

直は深呼吸をし、郵便受けから出した新聞と郵便物を持って部屋へ入った。

食事は簡単に済ますべく、カップラーメンに沸かした湯を注ぐ。出来上がりを待っている間、夕刊の一面を見た。巨大地震に備え、超高層ビルの耐震強度検証のために研究施設や大学、ゼネコンが参加し、三分の一スケールに縮小した建造物を崩壊するまで揺らす実験を行う……という記事が載っていた。三分の一といっても、二十メートル超の建物らしい。

「へえ……」

安全のために車をぶつける実験や、ビルを一気に解体する映像などはＣＦ《コマーシャルフィルム》でたまに見かけるが、これは規模が違う。揺れや崩壊の過程を調べるためだけに、ここまで大きな建物を造るというのもあまり聞いたことがない。

「壊すためだけに、か……」とつぶやき、直はカップラーメンのフタを剥がしかけた手を途中で止めた。あるアイデアが頭に浮かんだのだ。

「ペン……ペン……！」

直はカップラーメンそっちのけでペンを鞄《かばん》から取り出し、その記事の脇の狭い余白に思いついたことを書きつけた。

4

「『壊す仕事』……面白いと思います」

「うん、興味引くタイトル」

編集会議の席で直《すなお》が出した企画に同僚たちは反応した。直はホッとする。

「そ、そうですか」

西川の物作りの本、そして建て直し中の向かいの家と超高層ビルの耐震強度検証の記事からヒントを得た企画だった。件《くだん》の耐震強度実験関係者はもちろん、癌《がん》細胞を破壊するというキラーT細胞の研究者、汚れや臭いを分解する光触媒を利用した新商品開発チーム、車の耐久テストに挑むドライバーなど、品質向上や人の命を守るために「何かを壊す」職業に従事する人々の挑戦や生き様を本にできないか、と思ったのだ。

「壊すってマイナスのイメージだけど、品質のために耐久テストを突き詰める……っていう逆説的な理由に、日本人らしさが見えるよね」

「タイトルは『壊す人』でもいいんじゃない？　『壊す仕事』だとイメージが限定されそう……」

「うん、解体業とかね」

「あ、そうですね」

飛び交う意見を書き留めながら、直は質問を投げかける。

「ここに挙げたのは比較的大規模なものばかりですが、もっと身近なもの、小さいものにも目を向けたいんです。でも、なかなか思いつかなくて……」

「男女の別れさせ屋は？」

小泉の意見に全員が苦笑する。

「それ、本当に壊してるじゃない」

「あ、そうですね。じゃあ……売るために解体するのは？　マグロとか材木とか」

「『壊す』が示す定義や範囲を設定したほうがいいかもしれないな。柔軟でいいと思うけど、こじつけになっちゃうと感動が薄れる」

「そうですね……」

その場ではそれ以上の広がりが見えなかったため、条件を決め、社内ＷＥＢで社員にアイデアや情報の提供を呼びかけることになった。正式なゴーサインはその後で……となったが、直は渡会《わたらい》の「大勢の社員の助けを借りて仕上げた仕事」という言葉を思い出し、感激していた。認められることだけでなく協力してもらえること、「いい物を作ろう」という空気が、これほどやる気を高めてくれるとは思わなかったのだ。

会議後、直はこの高揚感をどうしても渡会に伝えたかった。携帯電話を取り出し、メール文を打ち始めたところで小泉の視線に気づき、手を止める。

「……な、何？」

「彼女ですか～？」

「違うよ！」

直は慌てて席を立った。フロアの外へ逃げるだけでなく資料室へ入り、メールの続きを打つ。そこまでしてでも、すぐに気持ちを伝えずにいられなかったのだ。

《企画が通りそうです！　編集部のみんなも「面白そう」と協力してくれました。渡会さんのおかげです。ありがとうございました。》

送信を確認し、フロアへ戻りかけたとき、電話が鳴った。渡会からだった。直は驚き、電話に出る。

「も、もしもし？」

『よかったじゃん！』

とびきり明るい声に、直は自分もとびきり明るい顔になるのがわかった。

「お疲れさまです！　あ……今、社内ですか？」

『ううん、外。収録スタジオにいるんだ』

「すみません、忙しいのに……」

『いや、なんか俺が嬉《うれ》しくなっちゃってさ。これはすぐに電話しないと！と思って』

「ありがとうございます……」

胸が、続いて頬が熱くなる。

この人はどうして、呼吸をするように人を喜ばせることができるんだろう。こっちの感情に即座に反応し、テンションが下がる前に気持ちを共有してくれた。たった一本の電話で済むことだが、なかなかできることではない。簡単であるがゆえに、後回しにしてしまう場合が多いからだ。

嬉しい、と直は思った。伝えたかった気持ちを受け止めてもらえて、すぐに応えてもらえて、一緒に喜んでもらえて――すごく嬉しい。

ずっと忘れていた。こういう気持ちを求めて、編集者を目指したことを。

仕事である以上、自己満足で終わってはいけない。しかし、どんなものも最初は自己満足から始まる。そうだ、自己満足をゴールにしなければいいんだ。きっかけにすればいいんだ。

『……あ、ごめん。俺は平気でも、そっちは忙しかったか』

あはは……と笑う声が聞こえた。いつも見惚《みと》れてしまう渡会の笑顔が浮かぶ。

「いえ、大丈夫です」

『今度ゆっくり、その企画の話を教えてよ。俺だけ仲間外れなんて、ずるいぞ』

「もちろん、甘える気満々です」

言った後で、直は驚く。そんな言葉がすっと出てくるのは、生まれて初めてだった。だが、お世辞でも社交辞令でもなかった。その証拠に身体《からだ》が軽くなった。

『その調子、その調子』

「渡会さんのアドバイスのおかげです。感謝してます」

『いらないよ、そんなの。利光《としみつ》くんの力だよ』

「そんなことありません。俺、ほんとに渡会さんが好――」

言いかけて、直は黙った。

『え、何？　よく聞こえなかった』

「……あ、あの……渡会さんのおかげだと本気で思ってます。また相談に乗ってください」

『了解』

「じゃ、失礼します」

直はまるで少女のように携帯電話を抱き締め、呆然《ぼうぜん》とした。呆然としているのに、心臓の鼓動は激しくなる。

俺、今、変なことを言いかけた。渡会さんが好きです――そう言いかけた。おかしくないか？　男同士なのに……。

「利光さん？」

「わあ！」

突然、声をかけられて直は飛び上がりそうになった。鰐淵《わにぶち》だった。

「……び、びっくり……」

「ああ、すみません」

「いえ、こちらこそ――あ、今ちょっといいですか？」

直は「壊す人」の取材や執筆を西川に頼んでみたいと考えていたことから、鰐淵に企画を話してみた。以前だったら「迷惑かもしれない」と怯《ひる》んでしまっただろうが、社内WEBでの公式な情報提供の呼びかけが可能なので、積極的な協力要請ができる。

「へえ、面白いですね。うちで連載させてほしいぐらいだ」

「あ……そういう手もあるのか……」

鰐淵の一言に、直は感心する。

「いや、まあ、今のは俺の個人的な要望ですけど……言ったもん勝ちだから」

規模の大きな出版社すべてでそんなことができるとは限らないだろうが、少なくとも風通しのいい「トラフィック・ブレイン」ではそういったことも柔軟に対応できるらしい。

「その場合、どうすればいいんですか？　誰にどう話を通せば……社内ＷＥＢには載せることになってるんですが……」

直は噛《か》みつくように鰐淵に尋ねた。

もっと何かしたい、振り切って、ひとつの方向へ走り出したい、という思いが急激に込み上げる。可能性の広がりを実感するにつれ、自分というロケットの発射台に点火されたような感じだった。

「ああ、それならＷＥＢ情報を見て、俺がうちの編集長に話を持っていってみますよ。通るかどうかはわからないけど、通ったら上を通して、正式にそちらに話を持っていきます」

「ああ、なるほど……よろしくお願いします」

頭を下げた直を見て、鰐淵は笑った。

「なんか、短期間のうちにすっかりうちの色に染まっちゃいましたね」

「そ、そうですか？」

「うん。でも、よかった。このやり方に乗れない人はキツいだろうから……」

「はい、最初はびっくりしました。やっていけるのかなって……でも、今は楽しいです。何でもアリなんだなあって」

「まだまだ、こんなもんじゃないと思うから、覚悟しておいたほうがいいですよ」

そう言う鰐淵の手には『福田辰吉《ふくだたつきち》の世界』という本が握られていた。

福田辰吉は数年前に亡くなった映画監督だ。その独特な映像表現から「映像詩人」として世界的に評価されているが、日本での知名度はそれほど高くない。

しかし、直は福田作品が好きだった。ミュージカルの対極だが、心惹《ひ》かれる要素が詰まっている。

特に好きなのは、ダンサーの日常をドキュメンタリータッチで描いた『バレリーナの鼓動』という映画だ。静謐《せいひつ》で力強く、揺れる心と緊張感がひたひた……と伝わってきて、観《み》終わると疲れてしまうのに、何度でも観たくなる。

「福田辰吉、『ダンテ』で特集するんですか？」

直は聞いた。

「ああ、これね。いや、今度インタビューするフランスの映画監督が、福田さんの大ファンだっていうんで……」

「へえ」

「……渡会さんのお父さんですよ」

「創介《そうすけ》さんのお父さんって、フランス人なんですか？」

鰐淵は苦笑する。

「……いや、福田監督が」

「え……そうなんですか！」

勘違いが恥ずかしくなり、直は頭を掻《か》く。

「福田辰吉の作品のイメージと、渡会さんが結びつかなくて……」

「小さい頃にご両親が離婚されたんですよ。渡会はお母さんの結婚前の名字らしいです。でも親子仲は悪くなかったとかで、福田監督にはよく会ってたみたいです」

「はあ……」

「業界人とか同業者にリスペクトされてる監督ですね。俺は正直、ちょっとよくわからないんだけど……芸術色が強いというか……」

わかる、わかると直はうなずいた。

「俺も理解できるとは言い切れないけど、なんか好きなんですよ。一度観たときは難しいなって思ったけど、二度目に観たとき、無駄なカットがまったくないなと思って……」

「それ、渡会さんに言ってあげるといいですよ。きっと喜びます」

「そうかな……」

渡会が喜ぶ――その言葉は直を強く捉えた。恩返しというほど大げさなものではなかった。ただ単純に、自分も渡会を喜ばせることができたら嬉しい……そう思ったのだ。これも自己満足だが、きっかけの自己満足だ。

「じゃあ、今度言ってみます」

直は言った。

その日の夕方から、直は社外での打ち合わせに出かけた。ところが、思いがけず長引いたので打ち合わせの相手と食事をし、そのまま直帰することになった。

食事をした店が入っているビルの中に、ダンススタジオがあった。昼間の渡会との会話、福田辰吉のことが頭に残っていた直はパンフレットだけでも……と思い、帰りしなに立ち寄ってみた。胸に何か引っかかるものがあったのだ。

そこはクラシックバレエ、社交ダンス、ヒップホップ、ベリーダンスなど様々な種類のダンスを教えており、都内に数ヵ所スタジオを抱えているという。悪くはないが、生徒が多過ぎるところはちょっと……と考えた直は、帰宅してからインターネットで教室を検索した。

仕事帰りでも通いやすい場所、少人数制、初心者歓迎……と条件をどんどん加えて探しているうちに、直は本気で通うことを考え始めている自分に気づいた。

＊＊＊＊

「え、社交ダンス?」

ビールで乾杯した直後、ざわめきに満ちた店内で「ダンス教室に通い始めた」と告げた直は、渡会の驚いた顔に「してやったり！」という気分になった。

「本当に？」

直は渡会と居酒屋にいた。「壊す人」の説明と、アドバイスの礼をしたいからと誘ったのだ。なかなか互いの都合がつかず、ダンススタジオ検索から二週間が経《た》っていた。

「はい、週一で。忙しいときは仕事優先ですけど、そう言ってると行かなくなりそうだから、がんばって時間を作ってます」

どうせやるならきちんと……と思ったので趣味のサークルは避け、インターネットで条件に合う教室をいくつか探し、三つほど見学して決めた。もう二回ほどレッスンを受けたが、初歩の初歩にもかかわらず、すでに筋肉痛に悩まされている直だった。

「『Shall we ダンス?』だねえ」

「言われると思いました」

お通しの枝豆を食べながら、直は笑う。だが、恥ずかしさも気後れもなかった。

「なんか、いろいろあって……いろんな気持ちが重なって、衝動的に――あ、でも、ちゃんと練習する気でいるんです！　遊び半分じゃなくて、振り切ろうと――」

「わかるよ」

「現実逃避じゃないって、その顔を見ればわかる。楽しそうだもん、利光くん」

包み込むようなまなざしを向け、渡会は言った。

「……はい」

確かに、やり始めたことに対する恥ずかしさや気後れはない。しかし「この人はわかってくれる」という照れくささ、嬉しさに胸がときめいた。

「当たり前だけど、全然できないんです！　でも、先生もクラスの人も真剣だから、もう必死ですよ。でも、終わった後に『ダメだねー』『難しいねー』って、みんなで笑って……次もがんばろうって思えます」

運ばれてきた冷奴《ひややっこ》や焼き鳥をそっちのけで話していた直は、途中でふと我に返った。

「……すみません、俺ばっかりうるさくしゃべって……」

「いいですよー。こう見えて俺、聞き上手。聞いてる間にばんばん食べてるし……あ、お兄さん、生ビールをお代わり。あとゴーヤーチャンプルーと茄子《なす》の揚げ浸しもお願い」

渡会は店員を捕まえ、ちゃっかり追加注文する。

「あの……こんなことを渡会さんに聞くのもおかしいんですけど……」

直は切り出した。

「うん、何？」

「俺、変なテンションになってませんか？」

「……どういう意味？」

「いや……企画が通って、ダンス教室に通い始めて……って、なんか浮かれていつもの自分じゃないのかなって」

「ああ、ランナーズ・ハイみたいな感じってことか」

知り合って間もない渡会に聞いたところで、わかるはずがない。それに、何でもかんでも渡会に聞けばいいというものでもない。意味もなく甘えるのは嫌だった。しかし直は他でもない、渡会に聞きたかったのだ。

「うーん……大丈夫じゃないの？」

「そうですか」

直はホッとし、渡会の生ビールを運んできた店員に梅酒のソーダ割りを頼む。

「それならいいんですけど……楽しい、楽しいって言いながら、暴走してたら困るなあと思って」

「まあ、そういうのが必要なときもあるけどね」

「わかります。でも俺、基本がこつこつタイプだから、この感じって初めてで……これって自分らしいのかなあって」

「こつこつタイプか？」

小首を傾《かし》げる渡会に対し、直も首を傾げる。

「え？　そうだと思うんですけど……自分で言うのもあれですけど、真面目なだけで、特に取り柄もないし――」

「日本人の大半はこつこつタイプの真面目な人間だよ。取り柄って、その真面目さの上に乗っかってる個性だと思うけど」

「はあ……」

真面目さなんて自慢にもならない、メイドインジャパンの標準装備だから――自意識過剰だと言われた気がして、直は少しうつむく。

「利光くんは真面目だけど、こつこつタイプじゃないと思うよ。俺のイメージするこつこつタイプって、マラソンランナーなんだけど、利光くんは短距離ランナーに見える」

「え？　俺がですか？」

意外な意見に、直はパッと顔を上げた。

「うん。エネルギーためて、集中して、ロケットスタートで一気に駆け抜けるタイプじゃないのかな。そこまでの準備に時間がかかるから、そこは確かにこつこつかもしれないけど……」

二十八年の人生でそんなふうに言われたことなどなかったし、自分で考えもしなかった。

「あのダンスとか、今回の企画の反応とか……ロマンティストというか、情熱的だなーと思ったんだ」

さらなる指摘に、直はゴーヤーチャンプルーの上に目玉がこぼれ落ちそうになる。

「それって渡会さんのほうだと思いますけど……」

渡会は違う、違うと手を振った。

「バカバカしいことや夢みたいなことばっか口にするからそう思われがちだけど、俺はリアリストで合理主義者だよ。言ったことや考えをどう実現するか、そればっか考えてるから」

なんとなく、納得する。

「利光くんはすごく悩むだろ？　ロマンティストだから悩むんだよ。悩みがちな人って、みんなそうだと思う。だから突破口が見つかると『よし、これで行ける！』って一気に燃え上がる。でも、たまにその前に燃え尽きちゃう——というのが、俺の個人的な見解」

「はあ……」

「俺は悩まないもん。できるかな？　あ、無理だ。できるかな？　ここさえクリアできれば行けそうだ……って取捨選択してる。でも、ロマンティストは自分の考えを絶対に捨てない。頑固で一途《いちず》で、どんな考えも理想として取っておく。だから現実との狭間《はざま》で苦しむ……そんな感じじゃないのかな」

渡会の言葉に、大学出版局を退職してからずっと胸の奥に残っていた澱《おり》のようなものが、きれいに押し流されていくのを直は感じていた。

「なるほど！」

そうか、そうだったのか。自分を誤解していたから、あんなに苦しかったのか——気がつくと、直はテーブルの上で渡会の両手を握り締めていた。

「あのう……」

茄子の揚げ浸しを運んできた店員が困っている。我に返った直は、弾かれたように渡会の手を離した。

「……うわわわわ！」

「ごめんね、今、プロポーズされちゃって」

真っ赤になる直の前で、渡会は若い男の店員に謝る。店員は目を丸くした。

「マジっすか！　邪魔してすんません！」

「えええ、ち、違う！」

慌てて否定する直に、なぜか店員は力説する。

「大丈夫、性別なんか関係ないっすよ！　うちの姉貴も同性愛者なんすけど、パートナーと幸せにやってるんすよ」

「ありがとう、お姉さんによろしく！　ってことで、ビールもう一杯」

お姉さんは関係ない！とツッコみたい直をよそに、店員と渡会は妙な盛り上がりを見せていた。

「よかったな、祝福されて」

「違いますって！　もう、この店に来られないじゃないですか……今のは俺が悪いですけど……」

「え、違うの？」

渡会に確かめられ、直はドキッとした。

「え？」

「俺、かなりドキドキしたけど……」

真剣な目つきの渡会に、直はますます焦る。

「え、いや……あの……」

焦るのは胸の鼓動が、店員の誤解が、そして渡会の視線が不快ではないからだった。

どうしよう、この間から、俺ちょっと変じゃないか？　渡会さんと一緒にいると、
渡会さんに何か言われると、知らない自分がどんどん飛び出す。とうもろこしの皮を
剥ぐと鮮やかな黄色の実が姿を見せるように、ずっとそこにいたのに気づかなかった
本当の自分が現れるような——。

「ごめん、ごめん。悪ふざけが過ぎた」

渡会は笑う。

「あ……そうですよ、もう……」

そう返しながら、直は少し落胆する。

本気だって言われたら、俺も本気だって……そう答えてしまいそうな——変だよ、
やっぱり。でも……。

「失礼します！　お待ちどおさまでした！」

女性の店員が元気よくビールをテーブルに置いた。

「ごちそうさま。『壊す人』だけど、俺もいろいろ調べてみるよ」

居酒屋を出たところで、渡会が言った。

「はい、お願いします」

財布を鞄《かばん》にしまい、直はうなずく。

「駅は?」

「あ、地下鉄で……」

「じゃ、一緒だな」

隣を歩きながら、直は今さらながら渡会の背の高さに気づいた。手も足も長い。着ている服はベーシックながらもどこか少しだけ変わっていて、選択のセンスが感じられる。

心臓が速く打つのは、アルコールのせいだと直は思いたかった。泣いたことも、手を握ってしまったことも、酒の場でのアクシデントだと。

それなら、資料室で受けた電話に「好き」と言いそうになったのは?　あれは数に入れないのか？

「飲み過ぎた？」

不意に尋ねられ、直はビクッと震えた。

「なんか、静かになっちゃったから、気分でも悪いのかと思って……」

「え？」

「いえ、大丈夫です」

これは困った、と直は思った。何か話題を振らないと——。

「あ、そういえば鰐淵さんから聞いたんですけど、渡会さんのお父さんって、映画監督の福田辰吉さん……」

思わず言ってから、触れられたくない話題だったかも……と言葉尻を濁す。

「ああ、うん。知ってる？」

反応がいつもの渡会だったので、直は安心して強くうなずいた。

「はい。作品、結構好きです。大ファン……じゃなくて申し訳ないんですけど」

「いいよ、そんな。知らないって人のほうが多いから……嬉しいよ」

照れくさそうに、渡会は微笑《ほほえ》んだ。初めて見る表情に、治まりかけた直の動悸《どうき》はまた少し激しくなる。

父親としての福田辰吉について聞いてみたかったが、いきなりは失礼だと思い、作品に焦点を当てる。

「『バレリーナの鼓動』が大好きなんです」

「ああ、バレエやってたって言ってたもんな」

「小さい頃だから、それとは関係ないと思います。それよりも、なんていうか……ロマンティスト、情熱的という単語の力を借り、直は懸命に気持ちを口にした。

「映像詩って言われてますけど、俺は音楽みたいだなって思ったんです」

「音楽？」

渡会が立ち止まった。つられて、直も足を止める。

「ストーリーを持ったメロディがきれいにつながって、クラシックミュージックみたいで……無駄なカットがまったくないんですよね。まず、それに感動しました」

足を止めても、言葉は止まらなかった。

「それから……きれいに踊るための努力ってすごく大変で、辛《つら》いことのほうが多いのに、それでもバレエが好きって気持ちが、映像で痛いほど伝わってきて……何度も観てしまうんです。生き様に共感するっていうか……」

いつもなら過剰なサービスといえるほど反応する渡会が、黙っている。黙って、直を見下ろしている。直は急に不安になった。

「あの……？」

何か、まずいことを言っただろうか……とおろおろし始めた直の手首を、渡会の手がぐっと掴《つか》んだ。

「うわ……」

暗く細い路地に引っ張り込まれたかと思うと、直は抱き締められていた。

「わ……渡会さ――」

「ありがとう……こんな嬉しいレビュー、初めてだ」

背が高いだけじゃない。手足が長いだけじゃない。胸は広く、逞《たくま》しく、温かい。それからいい香りがする……。

「あの……」

心臓、止まりそう――。

「……ごめん！」

渡会はぱっと直の身体を離したかと思うと、肩を押すようにして路地を出る。

「ええっ？」

「いや、めちゃめちゃ感動しちゃって……ついハグしちゃったよ！」

飲み屋の看板の明かりの下、いつもの渡会の明るい声と笑顔があった。

「……あ、ああ……よ、よかったです。喜んでもらえたなら……」

「いやいやいや……今日はいろいろ有意義だったなあ」

「はあ……そうですね」

渡会の声が響く中、直は嬉しいような、泣きたいような気分で再び歩き出した。

5

「……このぐらいでいいんじゃない？」

会議室のテーブルに広がるDVDの山を前に、渡会《わたらい》が言った。TV画面に流れている映像をリモコンで一時停止し、直《すなお》はうなずく。

「そうですね」

三日前、「虎脳祭《とらのうさい》」運営委員会で部署PR映像のテーマが決まった。総務部の木下《きのした》の予想を覆して数種類のテーマが出揃《でそろ》ったが、多数決で選出されたのは、なんと直&渡会の「ミュージカル」だった。

PR映像を作るのは、全社の中の十部署となっている。ミュージカルに疎い部署もあるかもしれない、被《かぶ》ると面倒……という意見が出たことから、時短のために有名作品の中の一場面を抜き出し、そこから選んでもらうことになった。直は今日、その選出を渡会と行っていたのだった。

ちなみにミュージカルだけでは限界があるので、単に「歌って踊っている場面」も併せて三十ほど有名な作品をピックアップした。ストーリーを知らなくても、観《み》たことがなくても、曲を耳にしたことがあるという作品ばかりだ。

「でも、考え始めるとあれもこれも……ってなりますね。これとか捨てがたいけど、長過ぎるし……」

ため息を漏らした直を見て、渡会が笑った。

「キリがないよ」

「……ですね」

「ユースフルも入ってるんだろ？　利光《としみつ》くん的にはどれがほしいの？」

「俺は運営委員だから、出演者には入ってません」

「でも、アドバイスは求められるんじゃない？　ダンスも習ってるし……がんばってんだろ？」

「まだまだ、ひとりでステップ踏むレベルです」

直は言った。

渡会のハグ事件から十日余りが過ぎた。

渡会本人がハグと言い切り、その後何も言わないので、直も触れずに放っておいた

——というより、放置するしかなかったのだ。しかし運営委員会も仕事の範疇《はんちゅう》とはいえ、こうしてふたりきりだと心中穏やかではいられない。

　あのハグで、渡会に対する気持ちが恋愛感情に近いものだ、と直は気づいてしまった。まだ「恋愛感情だ」とまでは断定できない。だが、断定するのが怖いだけなのか、そうではなかったと断定できるのを待っているのか、自分でもよくわからなかった。

　本気の恋ならば三年ぶりだが、同性を好きになったのは初めてである。

　DVDを片づけながら、直は考える。

　もしも自分が女なら、渡会は惚《ほ》れるに足る男だ。仮に失恋しても、好きになったことを誇りに思えるだろう。でも、なぜ異性でなければならない？　男として渡会に本気で惚れたら……それは誇りにならないのか？　忌むべきことか？

　ノー、と直の心ははっきり言う。「トラフィック・ブレイン」の洗礼のおかげか、渡会のおかげか、ずいぶんと精神が強くなった。

　渡会に迷惑をかけたくないし、嫌な思いもしてほしくはない。もちろん、嫌われるのも怖い。しかし、好きになるのは自由だ。それに考えや主張が異なるからといって、渡会は他人を邪険に扱うような男ではない。そう思うから好きになったのだ。

　とはいえ、きれいごとでは済まされない部分も多い。例えば……例えば——。

「そうだ……これ、忘れないうちに渡しておくよ」

渡会の言葉に、直は顔を上げる。テーブルには封筒があった。中にはチケットとフライヤーが入っていた。

「何ですか……『映像を歌う——福田辰吉《ふくだたつきち》の世界』……？」

「来月、親父《おやじ》の回顧展が開催されるんだ。その招待券」

「あ、ありがとうございます！　一ヵ月もですか、すごい……」

フライヤーには代表作の特別上映のスケジュールの他、世界の巨匠たちからの賛辞が綴《つづ》られていた。その言葉のひとつひとつに、直は共感する。

「『バレリーナの鼓動』も上映されるんですね。絶対に観にいきます！」

片想《おも》いの悩みは一旦脇に置き、直は喜んだ。

「ありがとう。それはそれとして……初日にオープニングパーティーがあるんだけど、利光くんを招待してもいいかな」

「え……俺を？」

「忙しかったら、断ってくれていいんだけど……」

渡会らしからぬ控え目な誘いは、父親絡みという個人的な催しだからかもしれない。

だが、そんな姿を見てしまったら断れない。

「いえ……ありがたくお受けします。邪魔じゃなければ——」

「邪魔だと思ったら誘わないよ」と言うと、渡会はフライヤーを指差した。

「この『映像を歌う』っていうタイトル、ずいぶん前から決まってたんだ。映画会社からいくつか案を出されて、これがいいと思うって俺が決めた。それでこの間……利光くんが言ってくれただろ？　音楽みたいだって」

「あ……ええ」

「同じように感じる人間がいるんだなあって……すごく嬉《うれ》しかったんだ。だから、利光くんに来てほしいんだよ。親父も喜ぶと思う」

あの晩のように照れくさそうに、渡会は視線を落とした。

いつも自信に満ちあふれ、自他共に「ウザい」と認める渡会の中にある素顔はとてもシャイで、繊細なのだ。それを知った直の胸は熱くなる。そして、直自身に訴えかける——気のせいじゃない、この人が好きだと。

「あの……ぜひ、お父さんに紹介してください」

渡会は一瞬、きょとんとし、くすくすと笑い出した。

「……結婚の申し込みにくるみたいだね」

「あ……いや、そんなつもりじゃ……！」

直は慌てて否定する。しかし、渡会は笑いが治まるとこう答えた。

「――喜んで」

自分の天然ボケをこれほど誉《ほ》めたくなったことはない。直は頭を下げた。

「はい……よろしくお願いします」

＊＊＊＊

「はー……楽しい……」

ひと気のない非常階段に腰を下ろし、直は息を吐いた。藍色の初夏の夜空には、美しい月がぼんやりと浮かんでいる。

「ご機嫌だねえ、今夜のトシミ2《ツウ》！は。ちょっと飲み過ぎたんじゃないの？」

渡会はそばに立ち、心配そうに尋ねる。

「量じゃないと思います。俺、ワインに弱くて……」

「何だと？」

小さな映画館の中では「映像を歌う——福田辰吉の世界」のオープニングパーティーが続いている。

生前の福田を知る華やかな著名人たちのトークライブ、本人が愛用した品々の紹介、今夜だけのメイキングフィルムの特別上映……と盛り沢山のイベントの中、直がひと際感激したのは、忘れ形見である渡会の挨拶だった。ダークスーツに身を包んだ渡会の姿はどんなモデルや俳優よりも魅惑的で、軽妙なエピソード披露も見事としか言いようがなかった。

直も久しぶりにスーツを着込んで挑んだが、来てよかった、誘ってもらってよかったと心から思った。浮かれてワインを飲み過ぎたのはご愛敬《あいきょう》——と、勝手に自分を甘やかす。

「水、もらってこようか?」

渡会の気遣いに、直は首を横に振った。

「いえ、大丈夫です。ここで少し、風に当たっていれば……あ、渡会さんは戻ってください」

「そんなわけにはいきません」と渡会は直の隣に腰を下ろした。

「……というか、俺も人当たりしたから、ここで少し休む。中はもう、放っておいても平気だろうし……」

　並んで月を眺める。ビルの裏の静けさがふたりを包んでくれるようで、直は嬉しかった。

「お父さんって、どんな方だったんですか？」

　直は、聞きたくて仕方なかったことを聞いてみる。映画人ではなく、渡会創介《そうすけ》という男の父親としての姿を知りたかったのだ。

「撮影現場では厳しかったってみんな言うけど、普段は普通の父親だったよ。たまにしか会えなかったからかもしれないけど……バカな冗談言ったり、べちゃべちゃなチャーハン作ってくれたり……明るい親父だった」

「そうですか……」

　メイキング映像の中の横顔は確かに鋭い表情を浮かべ、静かながらもスタッフに厳しく注文をつけていた。苦み走った二枚目だが、渡会には似ていない。渡会は母親似なのかもしれないと直は思った。

「『作品には現場の空気が出る』ってのが、親父の口癖だった」

　渡会の低い声が、直の鼓膜に響く。

「撮りたい作品の空気感を大事にしてたんだと思う。だから、撮影中は自分にもスタッフにも緊張感を強いた」

そこで渡会はふっと表情を緩め、いつもの口調になった。

「俺はそれを踏襲して、いつもおちゃらけてるわけよ」

「楽しまなければ、人を楽しませるものは作れない」

「そういうこと」

作るものは違っても、求める形は異なっても、思いは同じ——それが親子の絆《きずな》として残っていることに、直は感動する。その心意気が自分にも伝播《でんぱ》していることを伝えたくなり、直はいたずらっぽく言った。

「……俺、すっかり感化されちゃいました」

「お、そう？　それは申し訳ない——と言うべきかな」

「いいえ、感謝してます。渡会さんに教えてもらいました。楽しくやるってことは、手を抜かずに力を抜くことなんだって」

「ああ、そうそう、それそれ！」

渡会は笑い、直の肩に腕を回した。ドキッとしたが、アルコールのせいか、それほど緊張はしなかった。どうしようという戸惑いもあまりない。

今なら、と直は思った。今なら、自分の気持ちに正直になれるかも……。

「す……好きな人がいるんです」

歌うように、想いが唇から流れ出る。

「渡会さんが言ってくれたように、俺って自分が思う以上にロマンティストで、情熱家だったんだなあって……しみじみ思ってます」

肩に置かれた指先に力がこもった。

今なら……もしかしたら……。

「あの――」

「俺もカムアウトしちゃおう。俺、男も女も恋愛対象なんだ」

渡会が言った。それを聞き、それまで大人しかった直の心臓が激しく動き始める。

「そ、そうなんですか」

「ステキな人だな、と思ったら……年齢も性別も軽く飛び越えられる」

「……渡会さんらしい、ですね……」

笑ったつもりの声が震える。

神様、渡会さんに言わせてください。だから、君ともつきあえるよって――そう願った瞬間、直は肩先の手に抱き寄せられていた。

「……あ……」

逆らわずに渡会のスーツの胸に頭を預けると、あの晩と同じコロンの香りがした。

「多分、俺は……利光くん以上にロマンティストで、情熱家」

心臓が爆《は》ぜそうになり、直は逃げ出したくなった。

「あの……俺……っ……」

動揺する直を落ち着かせようと思ったのか、渡会は両腕でしっかり抱き締めてくれた。

「最初に恋愛を意識したのは、あのダンスを見たとき」

くすっと笑う声が、直の耳たぶをくすぐる。

「え？」

「それまでは生真面目さを微笑《ほほえ》ましく見てたけど、あれで、ああ、こいつはこんな顔を持ってるのか、こんなに柔軟な心を持ってるのかと思ったら……もっと知りたくなった」

それから、渡会は直への気持ちを丁寧に語ってくれた。酒を飲んで泣いたのは愚痴ではなく、情熱を持て余しているだけだと感じたこと。猛スピードで外へ向かって開いていく様子が、可愛《かわい》くて仕方なかったこと……。

「俺が飛び越えるしかないって思ってたんだけど、まさか先にそっちから来られるとはね……渡会創介、油断しました」

「あの……」

ドレスに身を包んだシンデレラが、舞踏会の扉を開ける。

「好きな人って、俺だよね？　俺が好きな人は――」

そこで裏口のドアがギギ……ッと錆《さ》びついた音を立てて開いた。直と渡会は反射的に離れる。

「あ、ここにいた！」

酔っ払った数人のゲストがシャンパンやワインのボトル、グラスを手にわらわら……と出てきて、直と渡会を取り囲んだ。

「気分でも悪いの？」

「いや、ちょっと涼んでただけですよ」

「じゃあ、飲もうよ！」

「そうそう、福田ジュニアも、そっちの美青年も！」

グラスを手渡され、直と渡会は中へ引きずり込まれてしまった。

そのまま問答無用で有志による二次会に突入し、直は飲み、笑い、しゃべり……気がつけば終電を逃し、誘われるままに渡会が暮らすマンションの部屋にいた。

「で、利光くんは俺の恋人になってくれるのかな？」

ゆったりとしていてセンスのいい家具や小物に囲まれたリビングのソファでキスを交わし、渡会の指でスーツのシャツを乱される。

気持ちが通じあったこと、渡会も同じように想っていてくれたことが嬉しくてたまらない。アルコールと渡会の優しさ、直はいつになく上機嫌で恋の始まりに酔《よ》い痴《し》れていく。

「はーい、彼氏になります」

「よっしゃ」

「……恋人かあ……」

二度目のキスの後、渡会の手で下腹部をまさぐられた。直はビクッと震える。

「あ……っ……」

甘い痺《しび》れが触れられた場所を中心に、じんわりと広がる。ふわふわと夢心地だったが、急に怖くなって渡会の手を止めた。

「わ、渡会さん……」

「何？」

「あの……恥ずかしい、です」

「……明るいから？　ベッドに行く？」

「いや、そうじゃなくて……」

直は視線を下に向ける。

「ああ、勃っちゃったから？」

カーッと全身が熱くなった。

「これで何の反応もなかったら、俺が困る。やっぱり嫌なのかって……」

「い、嫌じゃないです。ただ……」

男同士のセックスではこうなのか、と今になって知る。同じ男、それも好きな相手に指摘されるとこんな気分になるとは……。

「大丈夫だよ」

渡会は優しくささやくと直の右手を取り、ズボンの前へと導く。

「俺も同じだから……」

「あ……っ……」

隆起した渡会の分身に触れ、直は反射的に手を引っ込める。

「わかった?」

「……はい……」

驚いて引っ込めたものの、またすぐに触れたくなって手を伸ばす。再び触ると布の上からでも硬さと熱が伝わり、胸が鳴った。

「は、あ……」

俺を求めてくれてる——それが嬉しくて、直も渡会自身の形を確かめるように指を動かす。ふわふわではなく、身体《からだ》中がじんじんと火照る。

そんな直の指の動きに応えるように渡会は直のズボンのベルトを外し、前立てをくつろげた。ちゃんと触りたいからとせがまれ、ズボンと下着を太腿《ふともも》の途中まで下げる。シャツの裾から屹立《きつりつ》したモノがのぞいた。

戒めを解かれて楽になったが、スーツの上着もシャツも着けたまま、下腹部だけ露《あらわ》に……という状態に、直の羞恥は倍になった。しかしその羞恥が恍惚《こうこつ》を招くのか、分身は脈打って反り返る。

「いい形してる。それに、きれいだ」

「み、見ないで……」

「嫌だ」

「あっ……！」

渡会の温かい指でむき出しのそれを握り締められ、直はソファでのけぞった。

「すごく硬いよ」

「ああ……」

指の長さも、擦《こす》る動きの的確さも女とはまったく違う。むしろ、責め立てられる自分が女のように思える。その意識から逃れようとすればするほど悦《よろこ》びが増し、下半身は淫らにくねってしまう。

「……あ、あ……やだ……」

「濡《ぬ》れてきた」

「や、だ……」

直は力の入らない両腕で顔を覆った。分身から指が離れたので、腕をずらして渡会を見た。

「ごめん。じゃ、俺のも見せる。一緒に気持ちよくなろう。それでいい？」

「俺に……入れるんですか？」

好きだと意識してから、男同士の性交渉については考えていた。もちろん互いの気持ちが通じあうことが先決で、その確率も限りなく低いと失恋を覚悟していたが、一方でどんなふうにするのか、痛みはあるのかなど調べたりもした。恐れはあったが、渡会が望むことをしたい……とも思っていた。

「いや、もっと簡単な方法がある」

渡会は微笑み、自分のズボンのファスナーを下ろした。直は視線を逸《そ》らして待つ。

「脚をできるだけ開いて」

渡会に言われ、従う。その間に入るようにして、渡会が覆い被さってきた。互いの分身が触れあう。

「あ……」

意図に気づき、直は渡会を見上げた。渡会はうなずき、「俺がするから……」と二本の肉棒を両手の中に収めた。何かベタベタしたものが分身に塗りたくられる。石鹸《せっけん》のような、いい香りが漂った。

「あ……っ——何……？」

「ハンドクリーム」

いつの間に……と思っているうちにクリームが熱で溶け、渡会の手がなめらかに動き始めた。

「……あ、ああ、あ……っ……！」

硬くそそり立った分身が擦れあう感覚と渡会の手淫がもたらす愉悦に、直は半身を震わせた。

「直……俺にしがみついて」

初めて名を呼ばれ、直は両腕を渡会の首に回した。ねちゃ……という音と共に、重ねる身体の間から快感が這《は》い上がってくる。

「ああ……あ……ん……」

直は渡会の耳元に唇を寄せ、あえいだ。

「……気持ちいい？」

「……はい……あ……っ――」

漏れ続ける声が恥ずかしくなり、直は唇を噛《か》み締める。だが、切なくも甘酸っぱい悦びは増す一方だ。

「ん……ん……」

「我慢しないで、声出していいよ」

「でも――女の子、みたいで……っ……」

「俺は聞きたい。直の声、好きなんだ……」

そこが限界だった。

「あ……っ……イきそうです――」

「……俺も……っ……」

「あ、ああ、あ……イく……ッ……!」

渡会の荒い吐息と指に促され、痛みを伴うほどの快感に直は押し流される。ほぼ同時に渡会も達したのがわかった。

「……は……」

息を整えているうちにだるくなり、直は眠りに落ちていった。

＊＊＊＊

目が覚めて数十秒、直は自分がどこにいるのか、今がいつなのか、わからなかった。カーテンの隙間から差し込む光で日中だということには気づいたが、そのカーテンには見覚えがない。

むっくり半身を起こすと、横から「うーん」という声が聞こえ、驚いた。視線を移し、そこに渡会の頭があることにもっと驚いた。

「わ……！」

思わず脇にのき、危うくベッドから落ちそうになる。落ちそうになってようやくベッドにいたことと、自分のものではない大きめのパジャマを羽織っていることに気づく始末だった。

「あー……起きた？　もうちょっと寝てれば――」

眠そうな渡会が顔を上げる。そこでようやく、直は自分がどこにいるのかを理解した。

「わ、渡会さん！」

「え？」

「俺……どうしてここに……！」

「どうしてって……え？」

今度は渡会がブランケットをはねのけ、ガバッと起き上がる番だった。

「ちょっと……覚えてないの？」

「あ……はい……」

ベッドの上で、Tシャツにトランクスという格好の渡会と見つめあう。

「う……嘘《うそ》だろ……俺……」

渡会は真っ赤になり、寝癖のついた頭を抱える。

「あ、いえ、覚えてます、覚えてます！」

「え？」

「覚えてないっていうのは、ソファで……してから後のことです。どうやってここに来たのかと思って……このパジャマも……」

「……なんだ……びっくりした……」

渡会はブランケットに頭を埋めた。

「……俺はまた……パーティー辺りから覚えてないのかと――」

「いえ、覚えてます！　勘違いさせてすみません！　酒の力を借りたのは確かですけど、言ったことは嘘じゃないし……あの……」

恥ずかしさから、直はうつむいた。

「お……脅かすなよ！」

渡会によれば、直はソファで射精した後、突然寝てしまったらしい。渡会はそんな直を寝室――今いる場所――へ運び、パジャマに着替えさせたという。

「大変だったんだぞ！　楽しかったけど！」

「ごめんなさい！　ごめ――」

直は謝罪の途中で、渡会に抱き締められた。

「……よかった……」

「あの……はい……すみません」

「あんなこととか、こんなこととか、全然覚えてないのかと思った……」

「……こんなこと？」

渡会の胸にもたれ、直は考える。あんなこと――はアレだろう。でも、こんなことって？　まさか覚えていないだけで、あんなことの後で、こんなことを……。

「……あの……俺――後ろに入れられたんですか？」

渡会は身体を離し、直の目をのぞき込んだ。

「――いいや」

直はホッとする。

「利光くんが覚えてることしかやってないと思うんだけど……したかった？」

朝っぱらから「イエス」と答えるのは抵抗があり、直は話を逸らした。

「というか……男同士は初めてなので、何か決まりとか、セオリーがあるのかと思って……」

「別にないよ。それは異性愛と同じ。カップルによって違うから、俺たちは俺たちらしくやっていけばいい」

「わかりました」

「真面目だなあ……そこが好きなんだけど」

渡会は嬉しそうにキスをしてくれた。

「……あ、あとひとつ質問が……」

「何？」

「渡会さんって、トランクス派なんですか？」

6

「……変わったねえ」

向かいの席に座った詠美《えみ》は直《すなお》を見つめ、しみじみつぶやいた。

「柳沢《やなぎさわ》さんも……変わってませんね」

直は大きく膨らんだ詠美の腹を見つめ、つぶやく。詠美はわざとらしく顔をしかめた。

「……ひどーい！」

「すみません！」

一拍間を置き、ふたりで笑い出す。

土曜の昼下がり。窓から柔らかな陽光が差し込むカフェはハーブティーの専門店だった。久しぶりの電話で話した後、詠美から「顔が見たい」というメールが届き、ここにしたのだ。カフェイン抜きの飲み物や身体《からだ》にいいランチが食べられるという。もちろん、妊婦の詠美のリクエストだ。

「チビちゃんは？」

「旦那に任せてきた。来てみたかったのよー、この店。仕事以外でこんなふうに外出できるのは出産前ではもう最後だと思うから、来られてよかったわ」

メニューを注文し終え、詠美は言った。

「それは何よりです。でも、相手が俺でいいんですか？　一応、男子ですけど……」

直は詠美の夫とも、上の子どもとも顔見知りだ。家にお邪魔して手料理をごちそうになった際、子どもの前で悪役を演じ、「死に方がヘタ」とダメ出しをされた経験がある。

「平気、平気。旦那は利光《としみつ》くんのこと、弟どころか妹みたいに思ってるもの」

これは寛大な旦那さんならではのジョークだろう、と直は心の中で感謝した。

しばらく詠美の近況や愚痴に耳を傾けているうちに、おしゃれなランチプレートがやってきた。それをつつきながら、直は聞いた。

「ところで……俺ってそんなに変わりました？」

「うん」

詠美は心身共に疲れ切って退職した頃の直を知っているだけに、転職前に再会したときには「元気になったね」と喜んでくれた。あれからそう経《た》ったわけではないのに、「変わったね」という言葉には詠美の驚きがあふれていた。

「見た目の話じゃなくて、はつらつとしてる……っていうのかな。パワーを感じる。電話で話したとき以上に、声にも力があるしね」

「そうかなあ……自分じゃよくわからないもんですね」

「もしかして──恋してる？」

詠美のいたずらっぽい目に、直はフォークを落としそうになった。

「え？」

「あ、図星？」

「な、ないですよ！　会社に慣れるのに精一杯で──」

「あら、あたしは女の子に──なんて言ってないけど？　仕事や会社に恋してる、って意味で聞いたのよ」

「もう……からかわないでくださいよ！　でも確かに、仕事や会社に恋してますね」

と言いつつ、直は心の中で冷や汗を拭う。女性は鋭い。

「うん、わかる。楽しんでることが伝わってくるもの。でも……それがちょっと心配なのよね」

「心配？」

セットのハーブティーを飲み、詠美はうなずいた。

「利光くん、のめり込みやすいタイプだから」

「前みたいになるんじゃないか、ってことですか？」

「そう。社交ダンスも始めたでしょ。いろいろやる気が出てきたのは、すごくいいと思うのよ。ただ、ちょっとスピード上げ過ぎじゃないかなーって」

それでか、と直は思った。それで大きな腹を抱え、わざわざ出てきてくれたのだ。

「すみません、いつまでも頼りない弟で」

「こちらこそ、いつまでもお節介焼きおばさんですから。でも……もうじきふたり目が生まれるからかなあ、余計に心配になっちゃうのよ、ごめんね。やる気に水を差すつもりはなくて――」

「わかってます。言ってもらって感謝してます。でも、それは自分でもちょっと気になったんです。だから、今回は自覚した上で、バランス取ってやって……るつもりです」

「そっか、じゃあばっちり成長してるんだね。えらいぞ」

「誉《ほ》められました～」

直は小泉の口調を真似《まね》して言ってみた。

「旦那にも怒られるのよね。子どもと利光くんのことは別だろ、利光くんが可愛《かわい》いなら旅をさせてやれよって」

詠美と夫の優しさ、人生の先輩としての気遣いに直は感動する。同時に、心配をかけてばかりではいけないとも痛感する。

「確かに、世界がどんどん広がって……舞い上がってるのかも」

「でも、閉じこもっているよりは全然ましよ」

「そうですね。いろんな人とつながりたいって気持ちが、日に日に強まってるんです。別にもともと引っ込み思案だったわけじゃないけど……」

そう説明する直の脳裏には、渡会《わたらい》の姿が浮かんでいた。

世界を広げるチャンスは、どこにでも転がっている。その気になれば、誰とでもつながれる。ただ、それができないときもある。

手を引いてリードしてくれたのは、渡会だった。ひとりでは無理でも、手を携えてもらえれば踊れるのだと教えてくれたのも。

その方法がわかった以上、もっと新たな扉を開き、自分らしく踊らなくては――。

「実は、もっと情報を共有できる場があればいいなと思ってるんです。社内にはあるんですけど、出版社同士で垣根を越えて交流できる場が――」

「あるわよ」

詠美は言った。

「え？」

「『グーテンベルクの集い』っていうの」

それは出版業界の人間ならば誰でも参加できる交流会だった。同業者ばかりなので異業種交流会のように合コンのノリはなく、婚活目当ての人間も少ないという。とはいえ、飲み会であることは間違いないらしい。

「あたしは参加したことないけど、友達がよく行ってるみたい。行く気があるなら、連絡取ってあげようか？」

「あ……ええ」

あっさり次の扉の鍵が手に入り、直は拍子抜けした。しかしこれも渡会が言う「甘えろ」の好例だと直は解釈し、その場で友人に電話をかけてもらう。

すると、良いタイミングとは伝播《でんぱ》するものらしく、近々「グーテンベルクの集い」が催されることがわかった。直はすぐに間を取り持ってもらった。

「……なんか……心配してると言いつつ、結局はあたしも背中を押してるわね」

電話を切って苦笑する詠美に、直は頭を下げた。

「はい、旅に出てきます」

二時間後、詠美と別れて帰宅の途に就いた直は、電車の中で渡会へのメールを打ち始めた。「グーテンベルクの集い」のことを知らせようと思ったのだ。

(よければ、一緒に参加しませんか?)

そこまで入力し、直は手を止めた。何でもかんでも渡会と一緒でなければいけないのか?と思ってしまったのだ。

もちろん、好きだから一緒にいたいという気持ちはある。デートのイベントのひとつとして「グーテンベルクの集い」に誘うのも悪くない。

しかし、ひとりでがんばりたい、ひとりでもできるところを見せたいという気持ちが高まっている。そんなときに、簡単に誘っていいものだろうか。ひとりで参加するのが怖いんだなと思われないだろうか。まずはひとりで参加し、それから紹介するほうがいいんじゃないか……。

直は作りかけのメールを保存せず、消去した。

＊＊＊＊

「『トラフィック・ブレイン』の利光と申しますが……」

案内された部屋の入り口で、すぐそばの席に座っていた男に声をかけた。

「あ、はい、こんばんは。ちょっと待ってくださいね……」

男は参加者名が記された用紙の中から、直の名前を探す。

「利光さん……あ、あった。柳沢さんの紹介ですね。会費、前払いなんですけどいいですか？」

「はい」

詠美と再会した翌週の金曜の晩、直は出版関係の情報交換会「グーテンベルクの集い」に参加した。出版業界らしく、開始は午後九時から……とやや遅い。一部、テレビや新聞社や報道の関係者もいるという話だった。ちなみに二次会は十二時から電車の始発までだが、途中で仕事のために抜け、また戻ってくる者も少なくないという。

「空いてる席に座って、お酒とか頼んじゃってください」

「わかりました……」

直は中を見渡す。六人がけのテーブルが四つほどある部屋を丸ごと貸切にしているようだった。席は六割程度埋まっている。年代は二十代から五十代ぐらいまでと幅広い。

「そこ、いいですか？」

すでに和気あいあいと盛り上がっているテーブルに直は声をかけた。

「あ、どうぞ！」

「いらっしゃーい！」

「初めてですか？」

「はい、利光と言います。おじゃまします」

「よろしく～」

こういう「初めての場」に積極的に顔を出すことに、直もすっかり慣れた。それは「トラフィック・ブレイン」の社風に慣れたというより、渡会との出会いが大きい。

だが、直も編集者のはしくれである。「トラフィック・ブレイン」だけに留まらず、もっと活躍の場を広げ、業界全体の底上げに貢献したい、それをまた「トラフィック・ブレイン」に還元したいと思うようになった。それには、自分から動き出すしかない。社内で情報が集まるのを待つだけでは物足りなくなり、この集いへの参加を決めたのだった。

それに、渡会に頼ってばかりなのも情けなかった。自分から具体的に助けを求めたわけではないが、結果的にそうなっている。恋人同士になったからこそ甘えるだけでなく、自分で成長したい。そして、肩を並べられる編集者になりたい——そう思ったのだ。

「どちらにお勤めですか?」

隣の席の女性に尋ねられ、直は名刺入れを取り出した。

「『トラフィック・ブレイン』です」

「あら、渡会さんってご存じですか?」

自己紹介の前に先制パンチを食らった気分だった。

「あ……ええ……」

「いらしてますよ」

「え?」

「あっちに……」と指差されて視線を奥へ向けると、ひと際盛り上がっているテーブルがあった。見覚えのある背中が目に留まる。まさかいるとは思わなかったので、さつきはわからなかったのだ。

「渡会さーん！」

止める間もなく、隣の女性が呼んだ。渡会が振り返る。

「はいよ！　……あれ、利光くん？」

渡会は立ち上がり、近づいてきた。

「あ……どうも……」

どう答えていいかわからず、直は曖昧な笑みを浮かべた。

「偶然だね」

「ええ……」

「どうしてここに？」

「前の会社の同僚に教えてもらったんです。渡会さんは？」

「ああ、俺、発起人のひとりなんだ」

「え？」

「来るのは二年ぶりぐらいだけどね」

渡会のバイタリティや顔の広さは、社内に留まらない。こういったサークルを作るのは不思議でもなんでもない。

「あ、こっち来ていいかな。隣つめて……」

渡会は自分のグラスと箸を持って、直がいるテーブルに移ってきた。嫌とも言えず、直は場所を空ける。

「わーい、渡会さんだー」

「お久しぶりです」

「トラフィックさんってイケメン揃《ぞろ》いだよねー」

同席していた編集者やフリーライターらが渡会を歓迎する。

「お、嬉《うれ》しいこと言ってくれるねえ。彼は利光。うちのホープなんだ、よろしくね」

渡会の言葉で視線が直に集中する。直は頭を下げた。

「……よろしくお願いします」

「トシミ2《ツゥ》!と覚えてね」

渡会はいつものVサインをくり出す。居合わせた人々は大笑いし、早速「トシミ2!」を真似する。確かに覚えてもらうにはキャッチフレーズは効果的だが、これですっかり「渡会の子分」になってしまった。

ありがたいという気持ちは十分にある。それに渡会は何も悪くない。だが、ひとりでやってみようと臨んだ直にすれば、余計なお節介だった。

会いたくないわけではない。ただ、ここでは会いたくなかった。心の準備ができていなかった。くだらないプライドだが、後日「こんな会に出てきた」と報告したかったのだ。

それでも「どんなことも楽しく」を思い出し、直は自分から話題を振ってみた。質問をして知識や情報をかき集め、愚痴を吐露し、悩みや希望を共有した。

しかし、その場のスターは渡会だった。渡会自身は黙って耳を傾けているだけなのに、話す側は渡会の反応を待っている。そうして気づけば、他のテーブルの人間もイスをこちらに向けていた。

「そろそろ失礼します」

二時間ほど経ったところで、直は腰を浮かせた。

「え、二次会は？」

隣席の女性が尋ねる。といっても席はすでにシャッフル状態で、来たときとは違う女性がそこには座っていた。ただ、渡会だけは直の隣を離れなかった。

「すみません、明日、早いので……」

「あ、そうなんだ」と渡会も立ち上がる。

「えー、渡会さんも帰っちゃうんですか?」

「いや、ちょっとそこまで送ってくるだけ。今日は朝までコースだからね。会いたい人もいるし……」

渡会が直の肩を抱く。仕方なく、直は周囲に笑みを見せた。

「じゃあ、お先に……先輩をよろしくお願いします」

「任せといて」「またね」という声に送られ、店を出る。

「ここでいいです」

エレベーターを待つ間、直は少しぶっきらぼうに言った。渡会は首を横に振る。

「下まで行くよ」

「ひとりで帰れます。それに皆さん、渡会さんのファンみたいだし……」

渡会がいつものいたずらっぽい目で、直の顔をのぞき込む。

「あ、利光くん、もしかして嫉妬してる?」

「してません」と返す己の口調は、明らかに不機嫌だった。

下りのエレベーターが着いた。中は空だ。乗り込んでドアが閉まるやいなや、直は渡会に抱き締められた。

「ちょ……っと、何を……！」

「可愛いなあと思って。まさかここで会えるとは思ってなかったし……」

「離してください、カメラが――」

直は抗《あらが》ったが、渡会は照れているのだと誤解しているらしい。

「渡会さん！　やめてください！」

「じゃあ、これだけ」

頬にキスされ、直は反射的に渡会を力いっぱい突き飛ばしていた。渡会の背中がエレベーターの壁に当たり、ドンッ！と重い音がした。

「いっ……って……」

渡会が驚きの表情で直を見る。直も驚き、渡会を見た。

「あ……」

謝る前にエレベーターが開き、他の階の客が乗り込んできた。仕方なく、そのまま降りる。

一階に着き、外へ出たところで直は頭を下げた。

「すみませんでした、つい……」

「いや、いいよ。悪ふざけした俺が悪い」

そう言われると、直は余計に顔を上げられなくなる。

「今日、ちょっといつもの利光くんらしくない気がして……心配になっちゃってさ。それで送っていこうと思ったんだ。ごめん」

バレてたのか……渡会の優しさが、かえって直のくだらないプライドを刺激する。

「……ここで会うと思ってなかったから……びっくりしただけです」

「そう？　それならいいんだけど……どうして顔、上げてくれないの？　さっきのキス、そんなに腹が立った？」

「キスじゃなくて……」

直は顔を上げた。

「こういう会があるなら、教えてほしかったなと思っただけです」

本心は違う。

「でも、君は自分で見つけ出した。俺に言わずに、自分の判断で来たじゃないか」

「……そうです、けど……」

だから、と直は思う。だからこそ、まるで舎弟のように扱われるのが嫌だったのだ。

俺の力を使え、甘えろと言われ、その懐の大きさに感激した。しかし、それに甘えてばかりの自分ではいたくない。そう思って行動に移したのに、実際はお釈《しゃ》迦《か》様の手のひらで悦に入っている孫悟空《そんごくう》だったと知らされ、憤っているのだ。

わかっている。これは大人げない八つ当たりだ。出し抜こうとして失敗した苛立《いらだ》ちをぶつけているだけ。

好きだから、尊敬しているから、恋人の座に甘んじていたくない。それだけなのに、やっていることは結局、ただのサル真似だ。大人にならなくては――。

「帰ります」

直は再度頭を下げ、背中を向けた。

「気をつけて！」

渡会の声が背中に当たる。戻ってしがみつきたくなる思いを抑え込むべく、直は駆け出した。

7

『どう、PR映像のチョイスは？　どんな塩梅《あんばい》？』

受話器から聞こえてくる渡会《わたらい》の声を聞きながら直《すなお》はマウスを動かし、答える。

「ほとんど届いてますけど……いい意味で、こっちの予想を裏切ってくれてます」

「虎脳祭《とらのうさい》」のメインイベントでもあるPR映像だが、すでに選ばれし十部署には「規定」が通達されていた。そこには、テーマが「ミュージカル」であること、長さが一分間であること、機材の貸し出しや音響・映像の加工はセールスプロモーション部が全面的に協力すること……などが盛り込まれている。映像の下敷きとして必要な「歌って踊れる場面・三十」のピックアップ映像も、DVDに焼いて配布してある。

実は直は、このピックアップ映像の中からどれが選ばれるか、ひそかに楽しみにしていた。自分のセレクトに自信があったからだ。

ところがフタを開けてびっくり！　半数の部署が、ベースの映像を独自にチョイスしてきたではないか。その中には、世界的に有名なロックミュージシャンのミュージックビデオもあった。もちろん各部署の自主性優先なのだが、直が思う以上に「トラフィック・ブレイン」の社員はお祭りやイベントにも手を抜かず、熱きオリジナリティ魂を持っているのだと改めて痛感した。

『へえ……さすが我が社、というべきかな』

渡会は感心半分、呆《あき》れ半分といった様子で笑っている。

「厳密にいえば、ミュージカルじゃありませんけどね」

『まあ、そこはそれ、自分たちがやりたいものをやるのが一番だよ』

「ええ、わかってます」

『俺たちも何か、やる？』

「は？」

『シナトラとジーン・ケリーとか』

「な……にを言ってるんですか！」

『だって利光《としみつ》くん、自分がセレクトした名場面が認められなかったみたいで悔しいんだろ？』

図星を指され、直はさらに悔しくなった。ちょっとした会話の空気や言葉の遣い方で本音を見抜かれてしまう自分が情けないし、見抜く渡会にもイライラする。

『その悔しさを晴らすには、利光くんも何かやるしかないよ。せっかくダンスも習い始めたことだし――』

「別に、悔しくなんかありません！」

『そうかなあ……負けず嫌いにしか聞こえないけどねえ』

「違います！」

『ほら、ほら！』

また高らかな笑い声が心地よく耳を打つ。

「もう切ります」

『オッケー。じゃあ、またね』

受話器を置き、直はふうっと息を吐いた。

「グーテンベルクの集い」でのやりとりは、渡会の中では「ちょっとしたいざこざ」になっているようだ。直もそう思いたかった。だが、仕事ばかりか「虎脳祭」関連でも渡会の言動がいちいち引っかかってしまう。

恋人という関係性を引きずり出さずに治めたいのだが、肝心の渡会の口調の端々に「恋人をからかう空気」を感じてしまい、ついそれに反発してしまうのだ。そんな自分が、直は情けなかった。

「利光、ちょっと」

中村編集長の声に、直は腰を上げた。

「はい、何か……?」

机の前に立った直に中村が告げたのは、意外な話だった。

「Fテレビの番組制作を手掛ける会社から、『壊す人』を連動でやらないか、という打診があった」

「……は?」

中村は同じ説明をくり返す。意味は、一度目の説明で直にも理解できた。わからないのは、身内の企画に対してどうして外部、しかも畑違いのマスコミから依頼が来たのか、ということだった。

もちろん、直もメディアミックスの重要性についてはこの数ヵ月でイヤというほど叩《たた》き込まれた。渡会や鰐淵《わにぶち》と「壊す人」のメディアミックスの可能性を話しあったりもした。だが、正式な形でこの「ユースフル・ブックス」というゆりかごの外には出ていない。

それは中村が誰よりもよく知っているはず——と思っていると、当人が納得の行く答えを直の前に提示した。

「もちろん、公式なものじゃない。そこにいる知り合いから、直《じか》に俺にメールが来たんだ」

「ああ、なるほど。でも、編集長が話されたわけじゃないなら、どこから……」

嫌な予感と共に「グーテンベルクの会」のことが脳裏をよぎる。

「セルプロの渡会って知ってるか？ あいつが動いたらしい」

やっぱり！という気持ちと、どうして？という気持ちが直の中で交錯し、重なった部分が擦《こす》れあって傷を作る。

「……でも、どうしてですか？ 確かに我が社の企画ですが、その前に、うちの編集部の企画です。他の部署の人間が勝手に養子縁組をするようなことって……」

「養子縁組か……上手《うま》いこと言うな。君の気持ちはわかるが、プライベートレベルの話だ。そう目くじらを立てるな」

中村は肩をすくめる。

「渡会さんだから許される……という意味ですか？」

「いや、そんなことはない。向こうも耳の早い奴《やつ》だから、食いついたってことは旨味《うまみ》があるという証拠だ。渡会と何かあるのか？」

直は慌てて首を横に振った。

「いえ……すみません。勝手な憶測で言いました」

「社内で情報を共有している以上、こんなのはよくあることだ。とりあえず、話を聞きたいと言われてるが……どうする?」

「何かもっと提出しろと言うのなら、それは無理です。こちらの中身はまだ固まり切ってませんから。先に番組を作りたいとおっしゃるなら……個人的にはどうぞお好きに、と言いたいです」

直は言った。自分でも驚くほど強気な発言だったが、それが己のプライドが言わせたのか、単に渡会への対抗心から言ってしまったのかは、よくわからなかった。

「……言うなあ」

新人が生意気を!と叱られるかと思いきや、中村はニヤニヤ笑った。

「とりあえず『うちは固まってない』で逃げるか」

「……いいんですか?」

「君が言い出したんだぞ。逃げる代わりに、早いところ中身を練れ。今のやりとりが部長の耳に入ったら、公式なオファーへまっしぐら!だぞ」

「はい」

直は心の帯をきゅっと締め直した。

その日の晩、直は仕事を終えてからダンス教室に足を運んだ。まだ初歩の初歩ながらもパートナーが決まり、おぼつかない同士で練習を始めたばかりだった。

「……はい、五分休憩しましょう」

教師の号令で生徒らはフロアの端に寄り、ストレッチをしたり、習ったばかりのステップをくり返したり……と思い思いにくつろぐ。

「利光さん」

ペットボトルの水を飲んでいた直は、先生の声に振り返った。

「あ、はい」

教師は初老の女性だ。雰囲気や言葉は柔らかいが、練習内容に関してはなかなか厳しい。

「お仕事で何かあった？」

「え？」

直はドキッとする。

「どうしてですか？」

教師はふふふっと意味ありげに微笑《ほほえ》んだ。

「ダンスに限らず、習い事ってね、そのときの心模様が全部出てしまうものなのよ。今日のあなたはどこか上の空。集中しているようで、心がここにない」

「……はあ……」

思い当たる節が多過ぎて、直は言葉を失《な》くす。

「みなさん、大人ですもの。いろいろあって当たり前。それに対して、どうこう言う気はこれっぽっちもありません。私には関係のないことです。でも、社交ダンスはパートナーがいるものだから、ちょっとした気の緩みがパートナーの怪我《けが》につながったりするの。趣味だとしても、責任が伴うのよ」

「あ……はい。すみません」

そばに腰を下ろしていた直のパートナー——三十代前半のＯＬ嬢が「大丈夫ですよ」とばかりにうなずく。

「それから……『リードしよう！』と強く思い過ぎないで」

女性教師は言った。

社交ダンスはリード（男性）とフォロー（女性）で踊ることが最大の特徴であり、そのための細かいルールがある。パートナーの身長や体格によっても、バランスの取り方が変わってくる。自分のステップが正しければ踊れるというものではない。そこに魅力を感じ、直は他のダンスではなく、社交ダンスを選んだのだ。

「フォローにも、リードを『上手く受ける』という役割があるのよ。独りよがりになり過ぎると振り回されるけれど、相手に気を遣い過ぎても踊れない。そこが難しくて、面白いところなの。お互いを信じ、甘え、呼吸を合わせる……それが大切なのよ」

直はOL嬢と視線を合わせ、うなずいた。

「はい」

「じゃあ、レッスンを再開しましょう！」

直は持っていたペットボトルを鞄《かばん》の脇に置いた。そして、座っていたパートナーに手を差し出した。

「どうぞ」

OL嬢は微笑み、直の手に自分のそれを重ねる。

「ありがとうございます」

直はOL嬢の手を引き、彼女の身体《からだ》を引っ張り上げた。その瞬間、腰の筋が引きつるような感覚が走った。

「い……っ……」

強烈な痛みに耐えかね、直はその場に膝をついた。脂汗が額からにじみ出る。

「利光さん？　どうしたんですか？　大丈夫ですか？　先生、利光さんが！」

うずくまる直の視線の先に、集まった生徒らの足が見えた。

「……ぎっくり腰じゃないの？」

誰かが気の毒そうに言った。

＊＊＊＊

翌日の夕方、ベッドにうつぶせになっていた直はドアチャイムの音に首だけ動かした。たったそれだけなのに腰に痛みの電流が走る。話には聞いていたが、ぎっくり腰というものがこれほど難儀なものとは思わなかった。

「い……っ……」

誰だろう？　宅配便業者だろうか？　大した用事でなければ居留守を使い、このまじっとしていたい――という直の願いも空《むな》しく、チャイムは連打される。

仕方なく、そろりそろり……とベッドの上で身体を横向きにした。足先をベッドから下ろし、できるだけ骨も筋肉も使わず、すべるように床に立つ。それでも何かの拍子に筋が痛み、そのたびに直は唸《うな》って止まった。来訪者の素性はわからないが、帰したら何か食べ、痛み止めを飲もうと心に誓う。

部屋の壁に腕を突き、腰に刺激を与えないようにゆっくり進んでいると、今度はドアを叩《たた》く音がする。続いて「おーい……利光くん。無事かー？」というくぐもった声が聞こえた。渡会の声だ。

「あ……はい、います！」

声を張った瞬間、また痛みが走った。声を出すという動作も声帯だけでなく、身体のいろいろな場所を使っているんだな……と妙な発見をする。

「うう……」

なぜ、渡会が？という疑問は、この際どうでもよかった。とりあえず目の前の難関を越えなければ！という気持ちだけで、直は必死に玄関へ向かう。

「利光くーん！」

「い……います！　今、開けます！」

どうにか玄関までたどり着き、パジャマ姿でドアを開けた。

「……はい」

「ああ、いたか。ぎっくり腰で休んでるって、ちっちゃ泉《いずみ》から聞いて、大丈夫かと――」

直を目にした渡会の声とテンションが一気に下がる。

「……大丈夫じゃなさそうだね」

「……はい……何か、用ですか？」

「助《すけ》っ人《と》を連れてきたんだ」

渡会が外廊下をひょいと脇にのくと、そこにはひげ面の男が立っていた。

「大学時代の友達の志村《しむら》。鍼灸師《しんきゅうし》なんだ」

「どうも」と志村は言った。服装はカジュアルな私服だが、手にはドクターズバッグがある。

「はあ……」

怪訝《けげん》な表情で、直は頭を下げる。

「ぎっくり腰だそうですね。診せてください」

「は？」

直は怪訝な表情を志村から渡会へ移した。渡会は「楽になると思うから、任せて」と部屋の中へ入ってきた。

「え、ここで？」

「動くの、しんどいだろ？」

「そうですけど、でも――」

「心配しないでいいよ、利光くんは横になってればいいだけだから。ベッドは……あ、そっちか。よし、行こう」

「え、ちょっと……渡会さん――」

渡会に続き、志村も「おじゃまします」と勝手に靴を脱ぐ。止める気はあったが、どうにも身体がいうことを聞かない。痛みで何もできずに服やペットボトルが置きっぱなしの部屋を見られ、直は慌てた。

「あ、あの、普段はもう少しきれいなんですけど……」

「ああ、気にしないでください、ぎっくり腰のときは何もできませんからね。さあ、横になって……」

志村に促される。ふと見ると、渡会がブランケットやシーツをきれいに整えていた。

「うわ、すみませ——いいい痛いっ！」

電流にやられ、直はベッドにうつぶせになった。

「パジャマ、めくりますね」

志村が言った。なぜか渡会が「手伝う」とパジャマのズボンのゴムに手をかける。やめてほしかったが、痛みに負けた。

「そっとだぞ」

「わかった」

見えなかったが、どうやら上は志村、下は渡会と決まったらしい。

背中から尾てい骨まで露《あらわ》にされ、まな板の鯉《こい》とはこのことか……と直は泣きたくなった。渡会とはエッチなことをした関係だが、なぜかこのほうが何倍も恥ずかしい。

「あの、俺、鍼《はり》って初めてなんですけど……」

直は志村に言った。

「大丈夫、刺すときの痛みはほとんどないはずですから。ただ、気分が悪くなったら言ってください。それから、あまり動かないように」

「はい」

志村の指が腰や臀部《でんぶ》を丁寧に触診する。「ここは？　こっちは？」という問いに、直は正直に答える。ここまでくるともう「痛みが軽減されるならなんでもしてくれ！」という気になっていた。

「消毒しますね。ちょっと冷たいですよ」

「はい」

「力を抜いて……」

消毒液を染み込ませた脱脂綿で患部を拭われた後、かすかな痛みが皮膚に走った。志村の指が、その周囲をとんとん……と叩く。

「……入ったんですか？」

「ええ。大丈夫ですか？」

「はい」

確かにチクッという痛覚はあったし、何かが刺さっている感じも続いているが、想像していたものとはまったく違う。時々、痛めた患部に届くのか、ガムの包み紙を噛《か》んだときのような強烈な痺《しび》れはあったが、それも一瞬のことだった。

「……じゃ、これでちょっと——五分ほど置きましょう」

「……はい」

直はぐったりとシーツに沈み込む。こんなもので治るのだろうか……とぼんやり思っていると、渡会の声が背後から聞こえてきた。

「へえ……ほんとにミュージカル映画が好きなんだねえ。ぎっしりじゃん」

壁の本棚を見ているらしい。

「ええ、まあ……」

この体勢、この姿で、部屋を見るなとも言えない。

「親父《おやじ》さんの映画もある」

これは志村の声だった。

「うん、ファンなんだって。ありがたいよ」

渡会は心底嬉《うれ》しそうに返す。

そうこうしている間に五分が経過した。志村が抜鍼《ばっしん》した肌を再度消毒し、治療は終わった。ちなみにパジャマのズボンの位置を戻すのは、なぜかやはり渡会の役目だった。

「じゃ、ゆっくり起き上がってみてください」

「はい……」

直は細心の注意を払いながら、もぞもぞと身体を動かす。腰や背中に電流が走らない。偶然か?と思いつつ、ベッドの上で半身を起こしたが、やはり何もない。

「あれ……？」

「立ってみましょうか」

志村に促され、床に足をつく。

「……あ、平気です！　痛くない！」

表情を変えない志村の隣で、なぜか渡会が得意げな笑みを浮かべている。だが、直はそんなことはどうでもよかった。まるで魔法のように痛みが消えていたからだ。それどころか、どこもかばわずに普通に歩ける。

直は驚き、感嘆の声を上げた。

「え、なんで？　すごい！」

「あ、まだ完治ではないので、乱暴な動きは控えてください」

うっかり踊り出しそうになってしまい、志村に止められた。

「は、はい。でも、痛みはほとんどありません。さっきまで動けなかったのに……鍼ってすごいですね！」

「効くだろ？」

渡会の問いかけに正直にうなずき、直は志村の手を取った。

「ありがとうございます！　先生は恩人です」

「いやいや、このぐらいは……」

「でも、来ていただかなかったらずっと唸ってるだけでした」

「お役に立てて何よりです。できればもう二、三回、診てもらったほうがいいですよ。私のところでもいいし、近所の治療院でもいいので――」

そうアドバイスし、志村は自分が勤める鍼灸院の名刺をくれた。

直は治療費と往診代を払うと言ったが、志村は「渡会に借りがあったので」と受け取ろうとしなかった。せめて食事でもと迫ったが、偶然にもこの近くに住む親戚のところで食べるから……と去っていった。

「わざわざ……ありがとうございました」

志村がいなくなった部屋で、直は改めて渡会に言った。

「鍼がここまで効くなんて……」

「びっくりした？」

「はい、助かりました。どう礼を言えば……」

「志村のことは気にしなくていい。本当に貸しがあって、これでチャラになるなら……って、ふたつ返事で来てくれたんだ」

「でも――」

「甘えていいって言っただろ？」

直は黙り込んだ。どうしてもその単語が引っかかってしまう。反発したくなる。助けを求めたわけでもないのに、友人を伴って駆けつけてくれた。大事にされていると思うし、感謝すべきだとも思う。なのに素直になれない。

俺だってちゃんとやれる。ひとりでできる。顔を見てしまうと、どうしてもその思いが膨らんでしまう——。

「俺の気のせいならいいんだけど……この間も様子が変だったよね」

「グーテンベルクの集い」のことだとすぐに気づいた。

「俺、何かした？」

「……いいえ」

感情に任せてひどいことを言ってしまいそうで、直はうつむいた。

「直、俺を見て」

「……」

「俺を、ちゃんと、見て」

直は顔を上げる。

渡会と一緒にいると嬉しい。楽しい。会うたびに、話すたびに、自分ができる男になっていくように思える。だが、それはまやかしなのだ。周囲があれこれ言ってくれるのも、渡会の助言があるからに過ぎない。

「何を怒ってるの？」

「……怒ってなんかいません」

「もしかして……俺とつきあい始めたことを後悔してるのか？」

「渡会さんは俺を……仕事と私生活をごっちゃにするような男だと思ってるんですか？」

「じゃ、何が不満なんだ。不満を抱えてるようにしか見えない」

我慢できず、吐き出すように直は言った。

「……『壊す人』の企画を映像でやらないかって、テレビ番組の制作会社から連絡がありました」

「……ああ、あれか」

その一言で、直の頭に血が上った。

そんなものは知らないと否定してほしかった。そう言われたら信じるつもりでいた。

それなのに――やはり渡会が手を回していたのだ。

「あれは『グーテンベルク』のときにけりをつけたつもりだったんだが――」

「余計なお世話です！」

「グーテンベルクの集い」で誰とどんな話をしたか、直にはもうどうでもよかった。肝心なのは、企画を出した張本人である自分をないがしろにされたことだった。

「え？」

「メディアミックスであれこれ絡めたほうがいいのはわかってます。宣伝に金をかけられるし、売れますよね。それがトラフィックのやり方なんですよね。でも、俺は書籍の形にこだわりたいんです」

「わかってるよ。だから——」

「社員から情報やアドバイスをもらえることも、ありがたいと思ってます。だけど……力を借りてばかりなのはイヤなんです！　俺だって、ひとりでできます！　トラフィックでは新人でも、編集者としてのキャリアはあるんです」

「そんなこと、一言も言ってないだろ！」

「あなたがそばにいると、みんなあなたを見るんです。誰も俺を見ようとしない。大勢の力を借りてるっていうけど、あなたは他人の力を吸い取ってるだけ——」

渡会が手を振り上げた。直は思わず目を閉じる。しかし、頬に生じるはずの衝撃は、いつまで経《た》っても来なかった。

ゆっくりと目を開くと、手を振り上げたままの渡会が目に映った。すんでのところでこらえたらしい。

渡会も激情に駆られることがある——とは、直は想像していなかった。その前に、自分があんな暴言を吐く人間だとも思わなかった。だが、そのふたつは現実になった。今、目の前で。

「……君が扉を閉ざす以上、何を言っても伝わらないな」

初めて聞く、冷たい声だった。その声の余韻を残し、渡会は出ていった。

8

「おはよう」

フロアの自席にたどり着いた直《すなお》は、すでに出社していた小泉に声をかけた。

「おはようござ――あっ、利光《としみつ》さん！　腰……」

「ああ、うん……」

渡会《わたらい》が志村を連れてアパートへ来た翌日、直はフレックスを利用して少し遅く出社した。

「昨日は急に休んじゃってごめん」

机の上のメモを見て、直は小泉に言った。

「いえ、困ったときはお互いさまですよう。それより、もう大丈夫なんですか？」

「うん、鍼《はり》治療が効いたみたい」

直は腰を左右にふりふり……と揺すって見せる。またあの嫌な衝撃が走るのではないかという不安はあるが、痛みそのものはきれいに消えており、歩くにも座るにも支障はなかった。

「へえ、鍼ってそんなに効くんですか。ぎっくり腰って結構、かかるって言いますけど……すごいですねえ」

「俺も知らなかったんだけど、友達に教えてもらって……ね」

感心する小泉に対し、直は曖昧に言葉を濁した。

「持つべきものは友人ですねえ」

「そうだね……あ」

直はメモの中に、渡会からのものを見つけた。腰の痛みはなくなったが、もっと厄介な痛みが胸を締めつける。

ぎっくり腰になった恋人に対し、見舞いの言葉をかけるとか、食べ物を買って駆けつけてくれるところまでは直にも想像できた。もしも渡会が患ったらそうするだろう。まさか治療の専門家を引っ張ってきてくれるとは思いもしなかった。

普通の人間の頭上を簡単に、しかも軽やかに超えていく——それが渡会という男だった。そんな渡会に惹《ひ》かれ、同時に嫉妬もしている。

憧れや目標として、自分を鼓舞してくれる嫉妬ならばいい。だが今は、己の小ささ、卑屈さゆえの嫉妬になり下がっている。他の誰でもない、自分で貶《おとし》めた。しかも心配して来てくれた恋人に対し、ひどい言葉をぶつけてしまった。

引っぱたかれて当然だ、と直は思った。あの渡会がそこまでするほど、子どもじみた振る舞いをしたのだ。

仕事の場にプライベートを持ち込むべきではない。しかし、会社のほうが理性を保ちやすい。一晩経《た》って気持ちが落ち着いた今、しっかり謝っておかなきゃ——。

「ワタスケさん、いませんよ」

渡会からのメモを手に電話の受話器を取ろうとした直を、小泉が止める。

「今日から海外出張だそうです。急に決まったんですって」

「海外？」

「イエース、ロサーンゼルスに十日間！」

小泉は片腕を突き上げ、『サタデー・ナイト・フィーバー』のジョン・トラボルタのポーズを取る。あの映画の舞台はニューヨークだよ、という突っ込みはさておき、渡会が十日も不在という事実に直は呆然《ぼうぜん》とした。

ロス行きを知らされていなかったことにもショックを受けた。もしかしたら昨日、その話をするつもりだったのかもしれない。

電話もメールもある。しかし、面と向かって謝罪したかった。どう答えるのか、渡会の表情を見て確かめたかった。

たかが十日、たったの十日。しかし距離の分だけ、その十日間が遠くなる。投げつけた言葉が重くなる。

「これ、僕が仕入れた極秘情報なんですけどね……ワタスケさん、ほんとのプロデューサーにならないかって言われてるみたいなんですよね」

小泉がこそっと言った。

「ほんとのプロデューサーって……映画の？」

「はい」

「え……う、うちを辞めるってこと？　そんな話、聞いてないよ！」

ロス行き以上の衝撃を受けた直は、思わず声を張り上げていた。しまった、と思ったがもう遅い。

しかし幸か不幸か、小泉は直の言葉の中身ではなく大声に反応したらしい。「しーっ」と人差し指を唇に当てた。

「噂《うわさ》です。あの人、顔が広いから……有能ですしね」

「ロス行きってそれと関係があるの？」

「いや、もちろんうちの仕事絡みですよ。ただ、うちの本が原作の映画化の打ち合わせみたいだから、配給や制作の人も一緒だと思います」

わくわく顔の小泉を見て、直は少し腹が立った。

「小泉くん……あんまり寂しそうじゃないね。渡会さんが辞めてもいいの？」

昨日の今日で、自分に怒る資格などないのは重々承知しているが、喧嘩《けんか》をしても、仮に恋人でなくなったとしても、渡会が「トラフィック」から消えるなど考えられない。

だが、小泉はあっけらかんとうなずいた。

「そりゃあね、あの人がいなくなったら会社に来る楽しさは半減しますよ。社長は泣いちゃうかもしれません。でも、もっと大きな仕事が一緒にできるかもしれませんよ？　っていうか、ワタスケさんってそういう人でしょ」

「それはまあ、そうだけど……」

小泉は不思議そうに直を見る。

「利光さんだって、外からうちに来た人じゃないですか……変なの！」

直はハッとした。

「あ……そうか」

「僕も含めてうちの社員はみんな、利光さんからいろんなものをもらって、世界が広がったんですよ?」

「……俺から……?」

「そうですよう、真面目過ぎると面白いんだなとか。作るんじゃなくて壊す仕事にスポットを当てたり、社交ダンス教室に通う意外性をアピールしたり、ぎっくり腰になっても残念じゃないイケメンもいるってことを証明したり……」

「誉《ほ》めてないよ……ちっちゃ泉《いずみ》」

「誉めてますよう!」

バン!と小泉が背中を叩《たた》いた。

「痛……って……」

「あっ、ごめんなさい! 腰が、腰が! お婿に行けなくなっちゃう!」

「だ、大丈夫、大丈夫」

慌てた小泉の手で腰をさすられつつ、直は気づいた——狭いのは人脈ではなく視野、足りないのは能力ではなく柔軟性だと。同時にもっと人を信頼し、人から信頼されていることを自覚しなければいけないとも思う。

「……ありがとう」

直は小泉に言った。小泉は首を横に振る。

「いえ、これぐらい……もっとマッサージしましょうか？」

「いや、それじゃなくて、俺からいろんなものをもらってるって言ってくれたこと」

「あ、そっちですか」

「そんなふうに感じたこと、なかった。迷惑ばっかりかけてるって思ってた。頭固いし……でも、役に立ててたんだね」

突然、小泉は顔を真っ赤にして叫んだ。

「そ、そんな、改まって言われると……利光さん、立ちまくりですよう！」

立ちまくり、の部分だけがフロアに響き渡った。微妙な空気と生温かい視線に、直と小泉は一斉にしゃべり出した。

「へ……変な意味じゃありません！」

「立ってないですよう！　いや、めっちゃ立ってるんですけど、意味が違――」

「それ以上、言わなくていいから！」

「何をやってるんだ、ふたりとも……」

呆《あき》れ声に振り返ると、中村がいた。

「利光、腰はもういいのか？」

「あ、はい！　昨日はすみませんでした！」

「いや、健康が第一だからな。無理せずしっかり休めよ」

「はい」

直は頭を下げる。

「それで……と、ちょっといいかな」と手招きされ、中村の席へと移動する。

「例の『壊す人』の件なんだが……」

「はい」

「やはりここはじっくりといい本を作るべきじゃないか、という話になった」

中村はイスに腰を下ろし、足を組んだ。

「はあ……でも、その話って……お知り合いのテレビ関係者とされたんですか？」

「ああ、すまない。昨日、渡会と立ち話したんだ」

「渡会さんが……それって、この本の企画自体に何か問題があるからですか？」

直は急に不安になった。こちらから断るのと相手から断られるのでは、結果は同じでも意味合いがまったく異なるからだ。しかも渡会がそう判断したのなら、金にならない企画だと烙印《らくいん》を押された……という見方もできる。

まさか、自分の子どもじみた対応に腹を立て、潰しにかかったとか……いや、まさか――。

中村は「いや」とあっさり否定した。

「十分、メディアミックスで行けると渡会は言っていた。だが、いい企画だからこそ、今の段階で安易に外の人間を関わらせるべきじゃないといつになく力説された」

「……渡会さんが？　それ、何時頃のことですか？」

「昼飯のときだが……？」

ということは、家に志村と共に訪ねてきたときには、渡会はすでにそのつもりだったのだ。でも、俺は何も聞こうとしなかった……。

「どんな商品にも『売る規模』というものがある。その大きさを見極めるのは難しいが……これはいたずらに『軽いノリ』を付加する内容じゃない、って話になってね。じっくり売ろうじゃないかと」

中村は直の顔を見据えた。

「俺は同感だ。君はどう思う？」

「……同感です。それで行かせてください」

「よし」

直はその場を離れると携帯電話を手にトイレへ駆け込んだ。そして個室から渡会の携帯電話に「ごめんなさい」とだけ書いたメールを送った。言いたいことは山ほどあったが、何を書いても言い訳にしかならない気がしたのだ。

だが、返事はなかった。

＊＊＊＊

「利光さん、まだ帰らないんですか？」

金曜の晩、帰り支度を済ませた小泉が聞いた。

ふと顔を上げると、フロアに残っている人間はもう直と小泉しかいないようだ。その証拠に、照明は「ユースフル・ブックス」以外はすべて落とされている。

当たり前だな、と直は思った。時間はもう午後十一時を回っている。

「……ああ、うん。もうちょっとだけ」

「手伝いましょうか？」

「いや、急ぎじゃないんだ。切りのいいところまでやりたいだけだから……ありがとう」

「じゃ……お先に失礼します」

「お疲れさま。いい週末を」

「利光さんも！　あ、腰、使っちゃダメですよう」

小泉は手と腰を可愛《かわい》く振りながら、フロアを出ていった。

直は苦笑し、机の上の校正紙に赤ペンを置いた。両腕を頭上に突き上げ、凝り固まった身体《からだ》を伸ばす。肩周りや胸骨がぽきぽき……と音を立てる。

渡会が出張で渡米してから一週間。一向に連絡はなかった。机の脇に置いてある携帯電話に目をやるが、ぴくりとも動かない。

いや、今日だけではなかった。相変わらずメールの返事はない。電話もない。

何もかも自分が悪い、渡会が怒るのは当然だ――心からそう思っているから、何もできなかった。ひたすら帰りを待つしかない。

この一週間、直は渡会が戻ってきたらすべきことを頭の中で何百回もシミュレーションした。

まず、自分の甘さを謝る。そして、これまでしてもらったことに礼を言う。それから、「壊す人」の連動企画を積極的に進めると告げる。「虎脳祭《とらのうさい》」は責任を持ってやり遂げると宣言する。転職が本当なら、祝福して送り出す。

そして「何もなかったことにしよう」と言われたら、甘んじて受け入れる……。

「……あ、まずい……」

涙が校正紙に落ちそうになり、慌ててティッシュで目を拭った。渡会への想《おも》いもさることながら、自分の愚かさ、女々しさにも涙が込み上げてくる。だが、自虐的になったところで何も解決しない。それこそ、大学出版局を辞めたときと同じだ。感情があふれるようになったのはいいことだと詠美《えみ》は言ったが、くよくよしているだけなら進歩はない。

破局しても、違う会社で働くことになっても、渡会さんはきっと、俺が「楽しく」働くことを願ってくれるはず――直は鼻水をかみ、赤ペンを持ち直した。

と、コンコンと何かを叩く音がした。フロアと廊下を仕切るガラスの壁を叩く音だと気づき、直は立ち上がる。警備員か、清掃スタッフかと思いきや……。

「……え、渡会さん？」

ガラスにへばりつくようにして立っているのは渡会だった。笑顔で手を振っているではないか。

直は慌てて席を離れ、走った。

「……ど、どうしたんですか？　帰りはまだなんじゃ……」

渡会の首にはＩＤパスが下がっている。それがあるからこそビルに入ることができたのだろうが、なぜフロアまで入ってこなかったのか、直は不思議だった。

「うん、仕事が予定より早く終わってさ。飛行機の席も取れたんで、とっとと帰ってきたってわけ。で、成田から直行して……今、セルプロまで行ってきたとこなんだ」

ごく普通に話しかけられ、つい直も普通に返してしまう。

「お……かえりなさい」

「あ、ただいま。でも、セルプロは誰もいなかったよ……ひどいと思わない？　ちゃんと連絡入れて、せっかく土産も持ってきたのにさー」

「はあ……お疲れさまです」

「それで、帰りがてらちょっとのぞいてみたら、トシミ2《ツウ》！がいるじゃん！　でも、そっちまで入るの、面倒くさくなっちゃって」

「ああ、それで……」

「うん。トシミ2！も金曜の夜なのに、お疲れ」

「はあ……」

直は呆然と渡会を見つめた。いつもと変わらぬ態度、しゃべり方だ。不意打ちだったこともあり緊張が増し、鼓動が速くなる。しかし、その鼓動は直の恋心をもかき立てた。

「飯食った？　まだなら一緒に——え、何、どうした？」

言葉を無視し、直は感情の赴くまま、渡会に抱きついていた。申し訳なさと切なさが一気に湧き上がり、そうせずにいられなかったのだ。

「利光くん？　あ、もしかして、またぎっくり腰——」

「すみませんでした！」

「……え？」

抱擁を解き、直は謝った。

「俺、ひどいことを言いました。勝手にいじけて、勝手に嫉妬して……本当に情けないです。すみませんでした……」

「……ひどいって……利光くんの部屋で口喧嘩したこと？」

「そうです！　……え、口喧嘩？」

そんなふうに軽い認識ではなかった。少なくとも、直にとっては別離を覚悟するほどのものだった。しかし、渡会は違ったらしい。

「うん。だって利光くん、ごめんなさいってメールくれたじゃん。で、俺も気にしてないよ、帰ったらゆっくり話して、デートしようねって……」

「……いえ、そんなメール、いただいてませんけど……」

「嘘《うそ》っ！」

今度は渡会が慌てる番だった。携帯電話を取り出し、「送信メール」欄を開く。

「だってほら――あっ……送ってない……」

数秒ほど見つめあったのち、渡会はその場にしゃがみ込んだ。携帯電話を握り締め、うなだれる。

「……嘘だろ……」

「わ、渡会さん！」

「何、この初歩的なミス……ごめん……」

「いえ……あの……」

「もしかして一週間、ずっと俺が怒ってると思ってた……？」

直はうなずいた。

「うわ……ごめん！　ごめんな！」

渡会はすっくと立ち上がり、頭を下げた。

「いえっ！　いいんです！　俺が悪かったんです！」

「俺もさ、なんで返事がないんだろう？って思ってたんだよ。まだ腰が癒えないのかなとか。でも、ちっちゃ泉や茂理《しげり》に聞いたら出社はしてるって言うから、忙しいのかなと……」

「え……小泉や鰐淵《わにぶち》さんには連絡取ってたんですか？」

渡会がうなずく。直は思わず、渡会の肩を叩いていた。

「痛っ！」

「ど……どうして俺には電話くれなかったんですか！　俺は……俺は、恋人なのに……やっぱりここでのつきあいも短いからですか！」

怒りと切なさがこみ上げ、声の震えを抑えることができない。しかし、涙はどうにかこらえた。

「いや、だからメールを――」

「渡会さんだけですから、俺をこんなに感情的にさせるのは！　変なことばっかり言って、勝手なお節介ばっかりして……気がついたら俺、渡会さんなしじゃダメに……」

直は再び渡会にしがみついた。ジャケットの胸に顔を押しつける。

「……ごめんなさい――大好きなのに、俺、怖くて……渡会さんの力を借りなきゃ何もできない自分が情けなくて、そのうち嫌われるって……」

「……直……」

「だから、もっとしっかりしなきゃ、ふさわしい男にならなきゃって……」

渡会の腕が直の背中を抱いた。

「バカだなあ……そんな心配、しなくていいのに」

その一言で、直の中のシミュレーションが吹っ飛んでしまった。

「……辞めないでください。よそへ行かないで……」

「辞める？　何それ」

直は顔を上げた。

「……小泉が、ヘッドハントで他社に引き抜かれるって……」

「ああ、ヘッドハントの話はあるよ。出版業界以外からも……この三年で二十社ぐらいあったかな」

「え？」

「でも、全部断ってる。だってトラフィック以上に楽しそうな会社、ないんだもん」

渡会はあっけらかんと言った。

「給料は今の倍額出す！とか言われてもねえ……楽しくなかったら、苦行の代金じゃん」

「じゃあ……」

「行かないよ、どこへも。直が来てくれたから、ますます楽しくなったしね」

直ははあーっと息を吐いた。

「よかった……」

「よしよし」

渡会は直の頭を撫《な》でてくれた。

「そんなに思いつめちゃってたのか……ごめんね」

安堵《あんど》したところで、直は「壊す人」について触れた。

「あの企画ですけど……渡会さん、俺の主張を優先してくれたんですね。俺、すごい勘違いして、突っ走って……本当にすみませんでした」

「だから、もういいって。勘違いなんて誰にでもあるだろ？」

直はうなずき、続ける。

「はい。でも改めて、やっぱりしっかり練って、まずはいい本にしたいって、俺の希望を編集長に伝えました。いずれ会社同士の話し合いで、どうしてもメディアミックスで同時進行に……という流れになったら、それはそれで受け入れます。でも――」

まずは自分の本心を伝えよう――そう決めたのだ。結果がどうでも、自分の気持ちから逃げたら、きっとずっと後悔する。

「俺、この仕事は自分でリードしたいんです。わがままかもしれませんが……」

「うん、それでいいと思うよ。編集者として当然の思いだ」

「大勢の人に協力してもらうのはありがたいと思ってます。だけど、人が関わることでどんどん形が変わっていくのは、この仕事に関しては嫌なんです。つまらないプライドかもしれませんけど……」

「そんなことないでしょ。大事だよ、そういう気持ちは」

メディアミックスは様々な要素を組み合わせ、企画を大きくしていくものだ。チャンスが広がる一方、広がり過ぎて趣旨から外れてしまい、金は入るが質や評価を落とすという危険も含んでいる。その見極めが難しい、と渡会は言う。

「メディアミックスに限らず、企画がでかくなると関わる人間の数だけ主張も思惑も増える。当然、ぶつかりあいも増える。金を出す人間や偉い人間に対して文句は言いにくくなる。最初に企画を立ち上げた人間は特にそうだ。だから、直の懸念は間違ってないし、当然だよ」

「そうでしょうか……」

「うん。どんどん広げた結果、金が入って成功と言われても、作りたかったのはこんなものじゃなかったのになあ……って思うこともある。そんなの悲しいだろ？　その辺りをしっかり見極め、広げ過ぎないように調整するのもプロデューサーの仕事なんだよ」

「大きくするだけかと思ってました」

渡会は喉を見せ、豪快に笑った。

「それはバブル期にデフォルメされたイメージの弊害だな。大事なのは大きさじゃない。中身に合ったパッケージの形だよ」

大好きな笑顔を見て、企画を我が子、自分をわがままな親のように感じ始めていた直はようやくホッとする。

「頑固になり過ぎて周囲が見えなくなるのも、周囲を気遣い過ぎて原点を見失うのも、どっちもよくない。大事なのは、客観と主観を常に持っていることだと俺は思う。それができれば、どういう状況に転んでもプライドを維持できると思うんだ。ま、難しいけどね」

「渡会さんなら、どうしますか？　これが渡会さんの企画だったら……」

直の問いかけに、渡会は即座に答えた。

「もちろん、俺ならメディアミックスで行くよ。プロデューサーってのはそういう仕事だから。直は編集者なんだ。違って当たり前だろ?」

「……はい」

「それに——俺の仕事はフォローが主なんだよ」

「え?」

渡会は笑った。

「プロデューサーって偉そうだけど、リード役じゃない。あくまでもフォロー役」

「……そうなんですか?」

「そうだよ。神輿《みこし》の担ぎ手じゃなくて、そばで励ましたり、神輿がスムーズに進めるように交通整理をするだけ」

直の脳裏にダンスシーンが浮かんだ。リードとフォローの役割が逆転し、自分が渡会をリードしている光景だ。

その絵に勇気を得て、直は一歩踏み出すことにした。

「あの……旅行の荷物は上ですか?」

「いや、空港から家へ送った」

「じゃあ……これからうちに来ませんか?」

「これから?」

「あ、お疲れなら別の日でも——いや、来てください」

「それって……誘ってる？」

渡会が艶っぽい視線で直を見つめる。

「誘ってません。リードです。腰も治ったし……」

「そういうのを誘惑って言うんだよ」

渡会は笑った。

9

アパートの部屋に渡会《わたらい》を入れ、ドアを閉めた途端、直《すなお》は玄関で力なくしゃがみ込んでしまった。

「え……何？　どうした？　また、腰やっちゃった？」

渡会もしゃがみ、様子を窺《うかが》うように尋ねる。直はうつむいたまま、ぼそぼそと答えた。

「いえ……なんか、急に恥ずかしくなっちゃって——好きな人をこんなふうに部屋へ強引に招いたのって、初めてで……」

「ああ、なんだ……脅かすなよ」

「すみません、いつも勢いばっかりで……」

「直のそういうところが好きだ」

渡会の手が、小刻みに震える直の肩に優しく触れた。温《ぬく》もりが肌に浸透する。

「初めて、ってのも嬉《うれ》しい」

「そ……そんなふうに言われると、余計にどうしたらいいのかわからなくなります……」

「どうもしなくていいよ」

「でも、それじゃいつまで経《た》っても変わりません」

直は顔を上げ、怒ったように言った。まだ自分への怒りが治まらない。

「渡会さんに甘えてばかりで――」

「待った。同じ相手だからって、すべての場面で同じ力具合でつきあわなくていいんだよ」

渡会は言った。

「仕事では先輩と後輩だったり、ライバルだったりする。でも、プライベートでは友人であり、恋人だから、甘えたりもする。俺はそれでいいと思うけどね。昔つきあってた彼女とも、そんな感じだったんじゃない？」

「それは……ええ、そんな感じでした」

深夜の玄関でヤンキーよろしく、ふたりでしゃがみ込んだまま、話を続ける。

「じゃあ、俺とも『そんな感じ』でいいんだよ」

直はいまひとつ、納得できない。何かが引っかかるのだ。

「でも――」

「男同士なんだから……って思い込み過ぎてない？　関係ないよ、性別は」

「……あっ……！」

直は叫んだ。引っかかっていたのは、正にそれだったのだ。

「歳《とし》も関係ない。俺と直の間のバランスが取れてれば、それでいいんだよ」

「そ、そうか……そうですね……あー……」

目から落ちた膨大な枚数の鱗《うろこ》に、直は呆然《ぼうぜん》とする。俺はバカだ、仕事ができるできない以前の問題だ……。

心のつぶやきが聞こえたのか、渡会は笑いながら直の頭を撫《な》でた。

「そういうところも好きなんだよね。真面目というより不器用で、頑固かと思えば天然で……結局、可愛《かわい》いってことになるのかね」

「……あ、甘やかし過ぎですよ」

「いやいや、俺の本気の『甘やかし』はこんなもんじゃないから」

渡会に腕を引っ張られ、直は立ち上がる。

「本領を発揮するのは、ベッドの上……」

その言葉が終わるか終わらないかのうちに、直は唇を奪われた。

「……ん……」

ようやく心の底から安堵《あんど》し、直は渡会に身を預けた。初めてのキスはアルコールが入っていたが、今夜は違う。だが、渡会の舌はあのときよりも深く、強く口内に分け入り、直を求めている。全身が蕩《とろ》けてしまいそうになり、直は思わず渡会にしがみついた。

「……ベッドで甘やかされてみる？」

もうすでに、それは始まっている——と思いつつ、直はうなずいた。キスの余韻にふらつきながら靴を脱ぎ捨てる。

「ベッドは……」

「場所はわかってる。ぎっくり腰のときに確認済み」

部屋の主である直の手を引き、渡会はベッドのほうへ進む。

「それで思い出したんだけど……腰、大丈夫？」

「あ、ぎっくり腰は治りました。志村さんにもお礼言わなきゃ……」

「あー、いいよ、別に」

「よくないですよ。っていうか、どうして創介《そうすけ》さんが『いいよ』って言うんですか？」

直の反論に、渡会はムスッとしながら言った。

「だって、あいつ……俺より先に直の尻に触ったんだぞ」

怒りの理由に、直は真っ赤になる。

「え、だって……腰痛の治療ですよ！　そもそも、創介さんが連れてきてくれたんじゃないですか！」

「そうだけど……イヤなもんはイヤだし」

依然としてムスッとしながら渡会はベッドに腰を下ろし、直の顔を見た。

「腰が心配だから、今日は途中までにしとこうかと思ったけど、やっぱり最後までヤりたい。これでもずっと我慢してたし……いい？」

隣に座った直は、さっきまでとは違う意味で赤くなりながらうなずく。

「は……はい」

渡会は急に笑顔になった。

「コンドームある？　あと、ローションとか……」

「ああ、はい」

この人はよくも悪くもストレートな人なんだなと思いながら、直は言われたものを用意する。以前、彼女がいた頃の遺産だが、多分使えるだろう。

でも、わがままじゃない。間違ったことを言うわけでもない。ふざけることもあるけれど、いつだって真摯で優しい——そこが好きだ。だから言葉も態度も、そっくりそのまま信じればいい……。

「ありました……あっ——」

ベッドに押し倒され、手にしていたコンドームとローションが床に落ちた。のしかかられ、見下ろされ、胸が甘く鳴る。

「……創介さん……」

軽いキスの後、渡会は言った。

「さっき言ったことでわかると思うけど……俺、結構嫉妬深いんだよね。それだけは覚えておいて」

「……はい」

「我慢してた」は嘘《うそ》ではなかったらしい。その証拠に、直はあっと言う間に服を剥ぎ取られてしまった。渡会もすぐに裸になる。

「気持ちいいところ、教えて」

唇が直の耳たぶをそっと噛《か》み、首筋から鎖骨へとすべり落ちる。

「……あ……っ」

唇が戻ってきた。

「首、好き?」

「はい……あ……」

「こっちは?」

「……っ……!」

右手の人差し指で左の乳首を触られ、直はビクンと身を震わせた。唇の動きだけに意識を集中していたので、胸は無防備だったのだ。

「あ……いや……」

「いい、って意味?」

位置を外さないよう、渡会の指は小刻みに乳首を擦《こす》る。こねるようなその動きは切なくも甘酸っぱい悦《よろこ》びとなって、直の身体《からだ》を刺激する。

「あ……あ……ん……」

直の様子に、渡会は右の乳首も弄《いじ》り始めた。

「……っ——だめ……っ……!」

大きくはないが、決して終わることのない快感に直はシーツをたぐりよせる。

「ああ、もう……や、めてください——」

すすり泣くような声で、直は懇願した。

「気持ちいいのに？」

「……おかしく、なりそう……っ……」

「いいよ、なって」とつぶやく渡会の唇が突然、右の乳首を捉えた。

「ひ……」

濡《ぬ》れた舌先で突かれ、一層大きく直の半身が跳ねた。そこがそれほど敏感な性感帯だったとは、自分も知らなかった。今まさに、それを渡会に教えられているという事実が羞恥となって、さらなる悦びを直に与える。

「……や……あ……っ……！」

小さな突起が充血し、ジンジン……と張り詰めていくのが自分でもわかる。硬くなればなるほど快感が増す、ということも。

「……っ——だめです、もう……や、だ……」

「イきそう？」

直は首を左右に振った。

それができればどんなに楽だろう。実際、分身は触れられてもいないのに乳首と同じように硬くそそり立ち、欲望を放ちたがっている。だが、乳首への刺激だけで射精するはずがない。

「乳首の愛撫《あいぶ》だけでイける男もいるよ」

「……無理……っ……ああ、もう……」

「もう……何？」

普段からは想像できないほど意地の悪い渡会の問いに、直は頼むしかなかった。

「触って……ください――」

「何を？」

ほんの少しでも酒を飲んでおけばよかった……そう思いつつ直は渡会の手を取り、下腹部へと導く。

「これ？」

分身を握り締めた渡会の手が、ぬるり……と動いた。すでに先走りの蜜が滴っていたのだ。

「びしょびしょだ」

「……ああ……」

直は待ち望んだ愉悦にため息を漏らした。

「動かしてほしい？」

恥ずかしさよりも、扱《しご》いてほしいという気持ちが勝ってしまい、うなずく。

「そうか。でも、もっといいことをしてあげるよ……」

そう言い、渡会は直の下腹部に頭を下ろした。何を……と聞く間もなく、直の分身の先端を渡会の舌が舐《な》めた。

「……や……だめです――汚い……っ……」

根元をしっかり掴《つか》んだまま、渡会は視線を少し上げて直を見た。

「平気だよ」

「直が全部ほしい――」

渡会は口を開いたまま、再び下腹部に顔を近づけ、直の分身を飲み込んだ。

「……あ、あ……ッ……」

生温かい愉悦に包まれ、直は背を反らした。

長く分厚い舌が脈打つモノに絡みつき、口内の粘膜が全体を強く吸い上げる。

「あ……そんな……」

唇で括《くび》れを甘噛みしたり、裏筋を丁寧に舐めたり……と渡会の愛撫のテクニックに、直のそこは蕩けそうだった。淫らに身をよじって耐えようとするが、甘美な責め苦はとめどもなく続く。

「……あ、あ——あっ……ああ、それ……いや……ッ——」

蜜を吐き続ける鈴口を舌先で突かれ、直は悲鳴を上げた。

「イ、きそう……です……イきそう……っ」

「いいよ、我慢しないで……飲んであげるよ」

低い声で誘い、渡会ははちきれんばかりになっている直の分身を含む。そして射精を促すように、根元から指で扱き上げた。

「離して——出る、から……お願いです……」

直は必死にこらえる。そのダムを決壊させたのは、余った指だった。無防備な奥の孔《あな》に触れたのだ。

「ああ、だめ……ッ——！」

全身をわななかせ、直は渡会の口の中で達してしまった。公言どおり、渡会は直が出したものを吸い、きれいに飲み干した。

「……ご、めんなさい……俺……」

波が鎮まったところで半身を起こして言うと、渡会はにっこり笑った。

「謝ることない。俺がしたかったんだから」

「じゃあ……俺も……あの……」

「舐めてくれるの？」

嬉しそうに渡会に聞かれ、直は戸惑う。その気持ちは嘘ではないが、経験がない。しかし、渡会の分身ももう腹を打つほどになっている。

自分だけ愉《たの》しむわけにはいかない。覚悟を決めてうなずくと、渡会は優しく断った。

「……いいよ、今日は」

「え……でも……」

「気持ちだけありがたく受けて、次回の楽しみに取っておきます。それより……直の中でイきたい」

「あ……はい。それはもちろん……」

「フェラより辛《つら》いかもしれないよ？」

直は首を横に振った。

「大丈夫です。俺……創介さんとちゃんとひとつになりたい。だから、ここへ来てもらったんだし――」

そこで直は渡会にしがみついた。

「甘やかすって言葉、信じてます」

「直……」

「最後まで……してください」

抱き締め合ったまま、再びシーツに横たわる。

「今のはキたなあ……出しちゃうかと思ったよ」

恥ずかしさから、直は目を逸《そ》らす。だが、手を伸ばして渡会のそれを握った。

「あ……」

この間よりも硬く、熱く脈打っている。我慢してくれていたのだと思うと愛《いと》おしくなり、指を動かしてみる。

「ん……いや、扱かなくていいから……」

渡会が切羽詰まったような声を漏らした。そんな渡会が可愛くて、いじめるような言葉を直も言ってみる。

「イきそう……なんですか?」

「うん」

「じゃあ……早く……」

上目遣いに誘うと、渡会は直の頬を撫でた。

「そんなセリフ、俺以外の誰かに使ったら許さないからね」

渡会は身体を起こし、床に落ちたローションを拾い上げた。

「脚、広げて」

直が言われたとおりにすると、渡会は指先に取ったローションを奥の孔に塗りつけた。むずがゆいような快感に、力を失ったはずの直の分身は反応する。

「う……」

何度か丁寧に縁をなぞられた後、指先がぬるっと潜り込んできた。

「……あ……」

声が震え、両脚を閉じそうになる。

「力抜いて」

「はい……」

息を吐き、孔を緩めるよう意識する。渡会の指が少しずつ、中へ進んでくる。

「……ああ……」

「痛い？」

「いえ……変な感じ……むずむずするっていうか……」

「動かしてみるよ」

直はうなずく。渡会の指が引き抜かれ、また入ってくる。

「あ……あ、あ……ッ……」

抜いてほしいような、抜いてほしくないような不思議な感覚に直は身もだえた。乳首への愛撫とも、分身への刺激とも異なる。

「あ、ああ……っ……あ……」

快感と呼んでいいのかもわからない。ただ、声が止められなかった。女の子のように鼻にかかった甘ったるいあえぎ声が、断続的に出てしまうのだ。

「……あっ……イきそう……」

指が止まった。

「え、もう?」

渡会が驚いたように聞いた。言った直も驚く。

「いや、あの、本当にイきそうなんじゃないんです。よくわからないんですけど、『イきそう』って感じがしたというか……『だめ』って言ってしまうのと同じ感じというか……」

追い立てられる、という表現が一番しっくりくるような気がした。

「まあ、中はつながってるから、間違いじゃないんだろうけど……もう一回、やってみようか?」

「いいえ、もういいです。本当にイっちゃったら、もう二度目だし……創介さんのほうが……」と直は渡会の分身に目をやった。これ以上、我慢させるのは申し訳ない。

「わかった」

渡会は自分のモノにコンドームを被《かぶ》せてローションをまぶし、直の脚の間に腰を進めた。

「痛かったら言って。中も、それから腰も……」

「はい」

不安はあった。緊張もした。しかし、やめたいとは思わなかった。渡会と本当の恋人同士になれる……その喜びのほうが大きかったのだ。

「ふ……」

「力抜いて……そう——」

先端が孔に触れ、息が震える。

「……っ……！」

一瞬の衝撃の後、亀頭が入ったのがわかった。

「……痛い？」

「いえ……大丈夫です……」

「ゆっくり入れるからね」

直はうなずき、目を閉じて集中する。

「……あ……あ……」

熱を帯びた肉棒で、じわじわと肉が押し広げられていく——初めての感覚だった。他の何にも喩《たと》えようがない。痛みはないが、胃が押し上げられるような圧迫感はあった。

「全部入ったよ」

目を開くと、すぐそばに渡会の顔があった。

「は……あ……」

視線を下ろす。渡会の局部が、開き切った自分の身体の奥に押しつけられている。中に生まれるジンジンという熱い痺《しび》れ以上に、その卑猥《ひわい》な光景に直はあえいだ。

「あ……」

指を挿入されたときと同じ感覚が押し寄せ、直はシーツを握り締める。

「……あ、あ……」

「また『イきそう』な感じ?」

直は小さくうなずいた。

「俺も」

渡会は微笑《ほほえ》み、ゆっくりと腰を動かした。出し入れするのではなく、入れたまま円を描く。

「ああ……あ……」

埋め込まれた渡会の分身に、身体を操られているかのようだった。少しずつだが、甘ったるい痺れが広がっていく。

「あ……ああ、あ……変な感じです——あ、だめ……」

唇を噛み締め、髪をかきむしり、直は身をくねらせた。

「……ん……あ……もっと……」

何かに突き動かされ、直は口走っていた。

はしたないのはわかっていたが、手の届かない内部の芯から悦びがあふれ出し、自分ではコントロールできなかった。渡会の硬い分身でかき回してもらえば、きっともっと強い愉悦が得られる——説明のつかない、しかし確証に満ちた予感を直は言葉にする。

「もっと……動いて……それじゃ、足りない……」

獣のように獰猛《どうもう》な光を瞳に宿したかと思うと、渡会は腰を前後に動かし始めた。

「……ッ——」

引き抜き、押し込む……種類の異なる摩擦に、直はあられもない声を放った。

「あ、あ……あああっ……」

無心に渡会の動きを追う。全身の感覚が研ぎ澄まされ、指先にまで快感が走る。抱きかかえられた脚を渡会の腰に絡めた。

「……あ、あ……！」

より深くつながることで、深い悦楽が湧き上がる。押し込まれた渡会の分身と自分のそれが、ひとつになったようだった。

「あ……あ――イ、きそう……どうして……っ……！」

「我慢しなくていい……俺も、もう……」

耳に唇を押し当て、渡会が低く言う。内側が弾《はじ》けて熱く濡れる感覚に、直は固く目を閉じた。

「……っ、く……！」

渡会の背中に爪を立て、直は二度目の絶頂を迎えた。一度目のよく知っているものとはまったく異なる絶頂だった。中からイかされる、という感じだったのだ。

「……き、つい――」

渡会は唸《うな》り、動きを止めた。

衝撃が治まると、直はふわふわとした夢うつつの中に放り込まれた。セックスし、射精したのはわかっている。だが自分の身に何が起きたのか、わからなかった。少なくとも、女の子とのセックスでは得られない感覚だった。

これが男同士なのか……としみじみ思う。いや、これは渡会とのセックスなのだ。快感の有無以上にそれを実感し、嬉しかった。幸せだった。またしたい、何度でも味わいたい。

「……大丈夫?」

かろうじてうなずけたが、声が出ない。

「直……すごいな……」

渡会が目を丸くし、微笑んでいる。

直は少し不安になった。俺はよかった。でも、彼は? 男とのセックスならではの満足を与えられたのだろうか。そうだといいんだけど……声が出ないので、視線で尋ねる——俺、よかったですか?

「うん、びっくりした」

ようやく、直にも笑みを浮かべる余裕が生まれる。

その頬を両手で優しく包み、渡会は直の鼻先にキスをして言った。

「……見事なリードでした、王子」

10

『それでは、続きまして……営業部の作品です。タイトルは――』

ホテルのボールルームに司会者の声が響き渡る。

準備期間に四ヵ月を費やした「虎脳祭《とらのうさい》」会場では、クライマックスのPR映像上映が始まっていた。一分の映像ながらもどの部署も凝った歌詞と映像で、場内は爆笑と歓声に沸いている。「ユースフル・ブックス」編集部では『ドリームガールズ』を選び、直監修《すなお》の下、男女の役柄を逆にした『ドリームエディター』を制作した。中村編集長を中心に据えた三人の歌姫の登場には「ビヨンセそっくり！」などと声が飛んでいたが、「夢を与える本を作る編集者」というメッセージを込めた歌詞は、多くの社員の胸を打ったようだ。

「やっぱり……ミュージカルで正解だよ」

ボールルームの控室で進行状況をチェックしつつ、内部の様子をモニタリングしていた渡会《わたらい》が得意げに言った。

そんな渡会を無視し、直はタイムキーパー役の鰐淵《わにぶち》に尋ねる。

「鰐淵さん、時間は？」

「三分ほど遅れてるけど、誤差の範囲」

「そう……」

ふうっと息を吐いた直のいでたちはタキシードだ。渡会にまんまと乗せられ、PR映像上映のラストにサプライズで「運営委員長&副委員長によるシャル・ウィ・ダンス」を披露する羽目になったのである。

このダンスのために、直は社交ダンス教室の女性教師に頼み込み、渡会とレッスンに励んできた。ダンス経験皆無の渡会のほうが大変な思いをしたらしいが、言いだしっぺなので直は放っておいた。教師からは「筋がいい」と誉《ほ》められたが、続ける気はないようだ。

ちなみに、直は社交ダンスによる意外な恩恵を受けた。背筋を伸ばして踊っているうちに、職業病ともいえる肩凝りが激減したのだ。その結果を社内WEBで流したところ、「私もやってみたい」という声が多く寄せられ、小泉はちゃっかり「社交ダンスストレッチ本」の企画を出した。

「あと十分で出番です」

鰐淵に言われ、直は深呼吸をくり返す。手がかすかに震える。

その背中を、同じくタキシード姿の渡会が撫《な》でた。

「きっと上手《うま》くいくよ、トシミ2《ツウ》！」

「……触らないでください」

直はギロリと渡会をにらみつけた。

「ひー、怖い……パートナーを気遣えって先生が――」

「うるさい！」

渡会の言葉と手を振り払い、直はステップを脳裏でおさらいする。大丈夫、身体《からだ》が覚えてるはずだから、余計なことは考えずに無心になって、集中すればいい。相手を信じて、受けやすいように導けば――。

「利光《としみつ》くん」

顔を上げると、いつものように余裕たっぷりの渡会が「おいで」と控室の外へ誘う。連れていかれたのはトイレだった。

「何ですか？　緊張してますけど、用はさっき足したばかりですから――」

「そうじゃなくてさ」

渡会が直を連れていったのは、男子トイレには珍しいパウダールームだった。大きな鏡があり、そこにタキシードの男がふたり映る。

「はい、最後の練習」

渡会の気遣いに、張り詰めていた直の神経の糸が少し緩んだ。

「……あんまり広くないけど、これぐらいはできるだろ」

そう言い、渡会は手を広げた。直は渡会の身体を支える。

「大丈夫だよ、社内のイベントなんだから。どうせ見る側はみんな素人だ、間違えたってわかりゃしない。もしも間違えたら、俺が転んで笑いを取るよ」

顔をぎりぎりまで近づけ、渡会が言った。直は渡会を見つめ、答える。

「……イヤです」

渡会は表情を変えない。

「素人と初心者ですけど、練習で手は抜きませんでした。上手く踊れなくても、間違えたりはしません――絶対に」

手の震えが止まった。

「……だよな。それが聞きたかったんだ」

「え？」

「それでこそ、俺の直だ」

芯の通った渡会の声に、直の背筋が伸びる。

「渡会さん……」

直の「壊す人」の企画はじわじわと、しかし確実に進んでいた。噂《うわさ》を耳にした社長から編集部に「詳しく話を聞きたい」というオファーがあり、「虎脳祭」が終わったら説明に行く予定になっている。

渡会には経緯を逐一報告しているが、それは直が話したいからだった。しかし直からアドバイスを求めない限り、渡会は何も言わなかった。

そう、と直は思う。これが渡会なのだと。

発破をかけたり、冗談を口にしたり、俺ならこうするなあと言ったりはする。しかしいろいろとお節介を焼くように見せかけ、すべてを直の手に委ね、遠くから見守ってくれるのだ。

一方その底部には、渡会らしい野心ももちろんある。直にもそれがわかってきた。

渡会は無類の負けず嫌いであり、見栄《みえ》っ張《ぱ》りなのだ。失敗する気がないのは、そっちのクセに——と指摘するのは簡単だが、それでは芸がない。

「何を今さら」

直の返しに渡会はニヤリと笑い、直の唇に風のようなキスをした。

「全員の度肝を抜いてやろう」

控室に戻ると鰐淵が「早く！」と手招きした。

直は渡会に向かって手を差し伸べる。「がんばって！」と控室にいた運営委員らが声をかける。

満を持して司会が声を張り上げた。

『それでは、以上をもちまして終了——と言いたいところですが、ここで本年度「虎脳祭」の締めくくりにふさわしいサプライズがあります。なんと今回の運営委員長、利光直と副委員長、渡会創介《そうすけ》による華麗な社交ダンスです！　皆さん、盛大な拍手でお迎えください！』

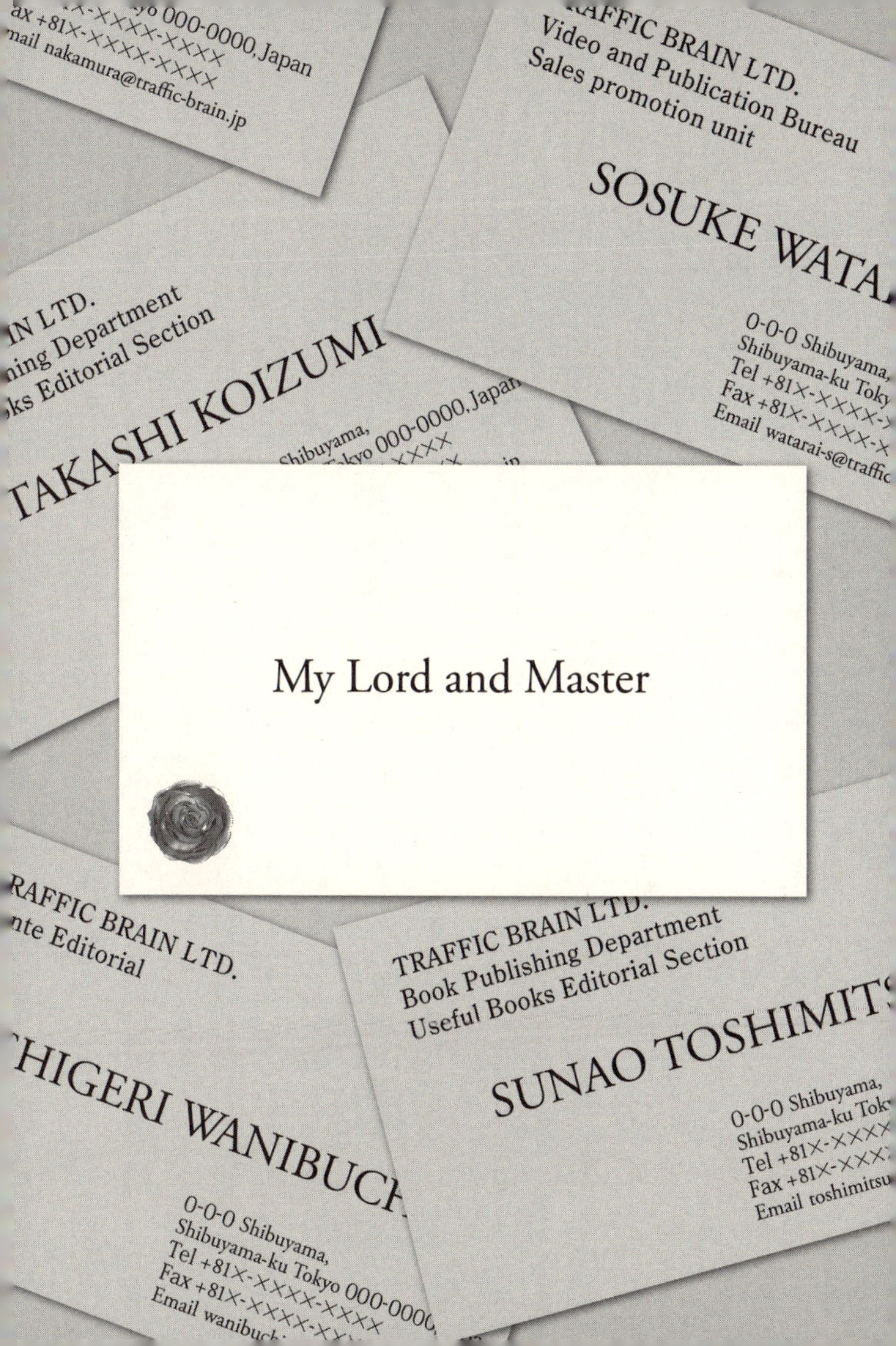
My Lord and Master
Video and Publication Bureau
Sales promotion unit
TAKASHI KOIZUMI
TRAFFIC BRAIN LTD.
Book Publishing Department
Useful Books Editorial Section
SUNAO TOSHIMITS
0-0-0 Shibuyama,
SOSUKE WATA
THIGERI WANIBUCH
0-0-0 Shibuyama,
Shibuyama-ku Tokyo 000-0000
Tel +81X-XXXX-XXXX
Fax +81X-XXXX-XXXX
Email nakamura@traffic-brain.jp

「う、あー……」

小声で呻《うめ》きながら、渡会創介《わたらいそうすけ》は電車の座席に腰を下ろした。背中や太腿《ふともも》がビキビキと音を立てる。

「……大丈夫ですか？」

隣に座った利光直《としみつすなお》が顔をのぞき込む。

「ダメ、かも」

「え？」

心配そうな恋人の様子がちょっと嬉《うれ》しくなり、創介は顔を歪《ゆが》めて見せた。

「どうしよう……」

「……困ります」

今度は創介が「え？」と言う番だった。直はふくれっ面で窓の外へと視線を向ける。

「だって、創介さんが言いだしっぺなんですから……責任取ってもらわないと」

土曜の夕暮れ、ガタゴト……と電車は揺れる。

ふたりは、直が通うダンス教室から帰る途中だった。そこで特別に「男同士のダンス」のレッスンを受けているのだ。ふたりが勤務する出版社「トラフィック・ブレイン」で開かれる社員総会「虎脳祭《とらのうさい》」で披露するためのダンスである。

「虎脳祭」は創介にとって思い入れのあるイベントだ。営業部時代に「社員が自分の会社のことを知らな過ぎる」「社員同士の結束力を生かすべきだ」という思いから、社長に直訴して開催が決定した。社員慰労と相互理解を趣旨として年一回、ホテルのボールルームで行われる。ベストセラーを出した社員の表彰と裏話、出し物による各部署の仕事紹介をメインに、飲んで食って楽しむ。簡単に言えば「社内文化祭」である。

そんな「虎脳祭」ももう六回目。初年度に運営委員長を務めた創介に、再び委員が回ってきた。そこで出会ったのが、転職してきたばかりの直だった。

右も左もわからぬ新会社で戸惑っている上に運営委員長を引き当て、軽いパニックに陥った直を見て、創介の「お節介魂」に火が点《つ》いた。頼まれてもいないのに社内WEBを使って直の存在を広め、頼まれてもいないのに悩みを聞き、頼まれてもいないのにアドバイスをしたのだ。

その過程で外を覆っていた殻がどんどん剥がれ落ち、中からは一途《いちず》で情熱的で、負けず嫌いな好青年が姿を現した。ほんの少し道を示しただけで思いがけない発見にたどり着き、繊細な心を見せてくれた直に、創介はあっと言う間に惹《ひ》かれていった。紆《う》余曲折《よきょくせつ》を経て恋人同士になった今も、創介は絶賛、惚《ほ》れまくり中である。

社内外で「仕事のできるお調子者」として認知されている創介だが、時として「やり過ぎる」傾向にあることは自覚している。今回もそうだった。運営委員として出し物の演者から外れているはずなのに、六回目のテーマが「ミュージカル」に決まったこと、直が社交ダンス教室に通い始めたことから、「ふたりでダンスを披露しよう!」と言ってしまったのである。

もちろん、冗談ではなく本気だったが、直の性格上、断られるのは目に見えている。そこでまずは一緒にダンス教室を訪ね、直が世話になっている教師に事情を説明し、可能かどうかを相談するところから始めた。

ダメでもともと、バカにするなと怒られるのも覚悟で相談したところ、意外にもダンス教師は面白がってくれた。曰《いわ》く「どんな形でも、ダンスに興味を持ってくれる人が増えるならば大歓迎」。創介のセンスを見抜き、創介以上に「その気」になってくれたことが決定打となった。

想定外の事態に慌てた直が渋々……といった様子で受け入れたときには、曲は『王様と私』でおなじみの「Shall We Dance?」に決まっていた。といっても劇中のダンスではなく、教師が独自に考えた振付だ。

ちなみにレッスン料は創介が払っている。破格の安さにしてもらった代わりに、「虎脳祭」での宣伝を約束した。

「冗談だよ、ちょっと苦戦してるだけ」

直をなだめるように創介は笑みを浮かべた。自分にしては珍しく、駆け引き抜きでつきあっている恋人には嫌われたくない。

しかし、本音は「ちょっと苦戦」どころではなかった。筋肉痛以上に「パートナーと踊る」「相手に合わせる」ということが、これほど難しいとは思いもしなかったのだ。

「鍼《はり》、打ってもらいます？」

「いや、そこまでじゃないよ」

「じゃあ、俺がマッサージしましょうか」

「……直が？」

信頼されていないと勘違いしたのか、直はまたムッとした表情になった。

「できますよ、それぐらい。プロじゃないけど、本を買って勉強しました。筋肉痛用のオイルも持ってますし……」

「へえ、それは……嬉しいなあ」

その名のとおり、素直な労《いたわ》りの言葉を返され、創介は感動する。

「じゃ、行先変更で直の部屋へ行く？」

ラブラブな夜を過ごせるならば、場所はどこでも構わない。だが直の家だと、より嬉しい。

「どうしてですか？」

「だって、うちにはそのオイルはないから――」

「途中で買えばいいじゃないですか。どこにでも売ってるものだし……で、創介さんの家に置いておく。ひとりでもできますよ」

「……うん」

「簡単だから、教えます」

「……ありがとう」

ひとりでもマッサージができるようにと気遣ってくれるのはありがたいが、できれば毎回、君にやってほしい。マスターしたら、君にもしてあげたい。バスルームやベッドでお互いに使えたら……想像するだけで電車内を走り回りたくなる。

だが、直はそこまで妄想しない。素直過ぎる恋人は、時として残酷なのだ。

これが、と創介は思う。

これが駆け引きなしの恋の醍醐味《だいごみ》だ。

「それに、もうちょっと流れをおさらいしておきたいんですよね。創介さんのところのリビングは広いから……ダメですか?」

直は小首を傾《かし》げ、創介を見つめる。その無邪気さに創介は悩殺されそうになる。

「ダメじゃないよ。最初からそのつもりだったしな」

「よかった」と安堵《あんど》する横顔がまた可愛《かわい》い。

問題はこの後の予定の順番だった。夕食、ダンスのおさらい、マッサージ、風呂、ベッド……創介としては、できれば逆から始めたかった。生真面目な直が受け入れてくれるとは思えないが、言ってみる価値はある。

「あのさ——」

口を開きかけたとき、メールの着信音が鳴った。

創介は胸の内で舌打ちをし、画面を見る。遊び仲間のひとりからだ。「最近、つきあい悪くない?」から始まる飲み会の誘いだった。

「仕事ですか?」

直の問いに、創介は慌てて首を横に振る。

「いや、友達から」

すぐに「今日は無理」と返信し、直の顔を見た。

「えーと……何の話だっけ？」

「創介さんの家へ行くって話です」

続けて、直は言った。

「あー、お腹《なか》空いちゃったな。夕飯、何にします？　そうだ、先生が撮ってくれたビデオ観《み》ながら食べませんか？」

直は何事にも熱心で、責任感が強い。創介はそこも愛しているが、食事のときは食事だけ楽しみたい。しかし、それをストレートに言えば直を凹《へこ》ませる。「～しながら」ができない料理を選べばいい。

「身体《からだ》を動かしたし、今日はがっつり食いたい気分だな。焼肉とかどう？」

「いいですね！」

二時間後、創介は直を連れてマンションへと帰り着いた。さすがの創介もすぐにマッサージもベッドも無理だと判断し、リビングのソファに直を座らせる。

「はー……」

至福の表情を浮かべる直を見て、創介は笑った。

「満足？」

「はい、めちゃくちゃ美味《うま》かったです。あの店、すごく気に入りました」

「そうか。また行こう」

「はい」

創介の行きつけの焼肉店で肉とビールという「攻める夕飯」を取った。策略どおり、ビデオを見る間はなかったが、直は気にしていないようだ。

「調子に乗って食べ過ぎ……あっ、臭いがつくかも！」

ソファに深く腰かけるやいなや、直は背もたれから身を起こした。

「気にしなくていいよ」

「でも……」

直はセーターの袖を顔に近づけ、クンクン……と臭いをかいでいる。

「……平気かな？」

「俺も臭ってるから大丈夫」

「あ、そうか！　そうですね！」

直は明るい声で笑った。

ご機嫌だな、と創介は嬉しくなる。

直は普段の反動か、アルコールが入ると感情があふれ出すことが多い。といっても弱い部分が出るのではなく、泣いたり、笑ったりしながら、内に秘めた思いを懸命に伝えようとし始める。同じ酒の場でも仕事絡みのときは自制心が働くようなので、喜怒哀楽をはっきり出すのは俺の前だけ——と創介は思いたかった。

「食休みがてら、ダンスのおさらいをしようか。動くのはアレだから、目で確認するだけでもいいだろ」

創介の言葉を聞き、直の顔が少し引き締まった。

「はい。あ、マッサージ、忘れてませんからね」

「楽しみにしてるよ」

教室のスタッフが撮ってくれた映像を見るべく、小型ビデオをテレビにセットし、並んでソファに座った。「はい、じゃあもう一度最初から……」という教師の声と共に、向き合っている自分と直の姿が画面に映る。

短期間とはいえ、直にはダンスのレッスン経験がある。そこで教師のアドバイスを受け、直はそのまま男性パートを踊り、創介は女性側となった。経験がない分、妙な先入観やクセがないからいいだろう、というのだ。

決まったからには徹底的にやる！が創介の信条である。直をがっかりさせず、恥をかかせないためにも、ダンスの練習には気合を入れて臨んだ。

しかし、そう甘くはなかった。

覚悟が足りなかった、とは思わない。物覚えの速さにも自信がある。足りないのは覚悟でも自信でもなく、身体の柔軟性だった。運動で鍛えた筋肉はあるものの、ダンス用の筋肉の用意はない。普段、長時間にわたって腕を上げていることも、すべるように歩くこともないので、変な場所が痛くなった。

また、振付を覚えれば済むというわけでもなかった。人に見せる以上、美しくなければならない。発表会は「自分が楽しければいい」という場ではないのだ。

それらを踏まえた上で――創介最大の難関は「女性役」にあった。「男性側のリードに合わせてフォローする」という感覚がよくわからないのだ。

常に俺様として仕事をリードしてきた、という尊大な自負はないが、年齢的にも立場的にもそれを求められるうちに、それが楽になってしまったのかもしれない――などと思う。特に直が相手だと、可愛さ余ってついつい先に道を示したくなる。それとダンスは関係ないかもしれないが、人は不安になると余計なことを考えがちだ。

直は直で、自分よりも背の高いパートナーに苦戦しているらしい。身長差に決まりはないようだが、相手の歩幅や手足の長さを考慮に入れて巧みにリードしなければならず、やはり同様に「変なところが痛い」とぼやいていた。

「あ、やっぱり……」

ダンスの冒頭部分で直が言った。

「何?」

「今のところ――」

直は映像を巻き戻す。

「創介さん、俺より先に動き出しちゃうんですよ。ほんのちょっとなんですけど……」

確かに三回に一回は教師に「渡会さん、早い！　焦らないで！」と注意を受けていた。心の中で「焦らない、焦らない」と言い聞かせ、リラックスしようと試みるのだが、それを身体に伝えるのは難しい。

「うーん……頭じゃわかってるんだけど……」

「それがよくないんじゃないですか?」

直はミネラルウォーターを飲みながら、指摘する。

「俺も初心者だから偉そうなことは言えないけど、頭で考えてるうちはダメなんだなってことが最近わかってきたんです」

「考えなくても身体が動くまで練習して、身体に覚えさせなきゃ……ってこと？」

「はい。パートナーが決まってるのって、そういう意図もあると思うんですよね」

直がいつも練習している女性は、直より十五センチほど背が低い。舞台では男性は三センチ、女性は七センチ程度のヒールのシューズで踊るので、それも計算に入れる必要があるという。

「ごめんな」

創介は言った。

「何が？」

「何って……決まったパートナーとの感覚を身体に教え込んでる最中なのに、俺のわがままで混乱してないかなと思ってさ」

それを聞くと、直は怒ったように首を横に振った。

「創介さんは悪くないですよ。俺も子どもじゃないんだし、本気で嫌だったらちゃんと断ってます。先生だって、イケると思ったから引き受けてくれたんだと思います。

それに……やる以上は、楽しまなくちゃ——でしょう？」

どうせやるなら楽しく、は創介のモットーだった。直はそれに心から共感し、実践しているのだ。愛《いと》しくならないほうがどうかしている。

「それに、創介さんと踊ることで気づいたことも沢山あるんですよ」

「本当に？　例えば？」

創介は尋ねる。直が何を考えているのか、知りたくて仕方がない。

昔なじみの友人たちが見たら驚き、笑うだろう。「自由気ままに動いているようで、ちゃんと周囲のことを考えてるよねー」とは言われるが、ここまで細かく動向を考え、心情をいちいち気にしてしまう相手は直だけだった。そういう自分に、創介自身も戸惑っている。だが、それも含めて楽しい。まるで初恋のようだ。

「はい、ええと……例えば——」

直が映像を送ったり、戻したりしていると創介の携帯電話の着信音が鳴った。「アキラ」と名前が出る。

「どうぞ」と言う直の言葉を受け、創介はリビングから廊下へ出た。

「もしもし？」

『久しぶり～！　今、しゃべっていい？　いや、なんか急に思い出してさ、元気かな

～と思って……今、どこ？』

明るい声が創介の耳に当たった。アキラは長いつきあいのゲイの友人だ。恋愛感情はないが、互いの恋人も含めて遊ぶことも多い間柄だ。背後に音楽や複数の人間のしゃべり声が流れている。パーティーか、バーにでもいるのだろう。

「家」

『え、土曜の夜だってのに？　ヒマなら一緒に遊びにこない？』

「いや、知りあいが来てるから、今日はちょっと……」

『連れてくればいいじゃん』

アキラはさらっと言った。

創介の友人はみな、こんなノリだった。誰もが「友達の友達はみんな友達」で、年齢も国籍も性別も性嗜好《しこう》も隔てなくつながりを持つことに積極的だ。一見軽く、浅いような交わりに見えるのだが、「かけがえのない個人」を通じ、様々な考え方や価値観を共有し、お互いを高めていこうと考えている。

創介が会社や業界を自由に泳ぎ回り、交わっていこうとするのも、実はこういった私生活での経験が大きい。素晴らしいことだと信じているし、今後も可能な限りそれを実践していきたいと思っている。

しかし、今夜はダメだった。仮にセックスなしでも、直が最優先だ。いや、直のことだけ見つめ、直のことだけ考えていたいのだ。

「いや、ちょっと、その……」

創介は言い淀《よど》んだ。我ながら歯切れが悪いなと思っていると、案の定、そこをアキラに突っ込まれる。

『何、その迷惑そうな感じ……創介らしくないじゃん。あ、もしかして――もうベッドの中？』

「まだ。でも、そういう流れ」

下手に隠しても仕方がないので、創介ははっきり言った。

『うわ、ごめーん。タイミング悪かったね』

「いやいや……また誘ってくれ」

通話を切り、創介はほっと息をつく。

友人に直を紹介したくないわけではない。ただ、果たしてあのノリにいきなりついていけるか、というと一抹の不安があった。何しろ「トラフィック・ブレイン」をはるかに凌《しの》ぐテンションなのだ。

もちろん、直は自信を持って紹介できる男だと思っている。同様に、友人たちもかけがえのない存在だ。ただ、男とつきあうのは初めてという直をいきなり「そっちの世界」に引っ張り込むのも心配だった。いつもすべてに全力投球な直のことだ、きっといっぱいいっぱいになってしまうだろう。

物事には適切なタイミングがある。今はまだ早い。少なくとも「虎脳祭」が終わってからでいい、と創介は思っているのだった。

「ごめん、中断して……」

リビングに戻ると、直が映像を一時停止して待っていた。

「仕事ですか？」

「いや、友達」

ふふっと直が笑う。

「……何？」

「電車の中でも同じ会話したなーと思って」

「ああ……土曜だからじゃないかな」

「創介さん、ネットワーク広いですもんね」

「まあね」

でも、今は直が最優先だよ――と言う前に、映像が動き始めた。

「ここです、さっき言った『気づいたこと』っていうのは」

教師の声がフロアに響いた。

『利光さん、渡会さんを振り回そうとしないで！　腰に負担がかかっちゃいますよ』

『あっ、はい』

『渡会さんも力まないで』

『……力んでるつもりはないんですが――』

そう答える自分の動きは、まるでロボットのようにぎこちなかった。創介は恥ずかしさからいたたまれなくなる。

直が再び一時停止ボタンを押した。隣に座った創介は肩を落とす。

「見たくなかったなー……いや、見てよかったけど。他人の目にはこういうふうに映ってるのか……まだまだだな」

「それで……参考までにと思って、これ持ってきたんです」

直はバッグから一枚のＤＶＤを取り出した。『王様と私』だった。

「見たことはあると思うんですけど、ダンスを始めてから見てみると、チェックポイントが全然違うんですよ。驚きますよ」

そう言いながら、直は手早くデッキにＤＶＤをセットし、あの有名なダンスシーンのチャプターを再生した。ユル・ブリンナー演じる王の凛々《りり》しい姿はさておき、アンナ役のデボラ・カーのドレスに創介の目は釘付《くぎづ》けになった。

「え……こんなに裾が広がってるドレスだったのか！」

得たり、と直が反応する。

「そう！　俺もびっくりしたんですよ！　今の社交ダンスで、こんなドレスは着ませんからね」

パニエと呼ばれる円形の枠でドレスラインを膨らませているのだが、どう見ても、デボラ・カーを軸に直径一メートル以上はある。

このパニエのせいで、王がアンナをぐっと抱き寄せるのは不可能だ。しかししっかりと腰を支え、アンナはまるで空を飛ぶように舞う。そう、広がるドレスラインの効果で「踊る」というより「舞っている」ように見えるのだ。

創介は直に頼み、「もう一度」「もう一度」と同じシーンを何度も再生させる。直の言うとおり、見慣れた作品がまったく違う作品になってしまった。

「ユル・ブリンナーは『振り回してる』んじゃなくて、ちゃんとデボラ・カーを『踊らせてる』……かなり体力を使うだろ？」

男性ダンサー側の苦労がわからない創介は直に聞いた。すると直からは意外な答えが返ってきた。

「これ、デボラ・カーが上手《うま》いんだと思いますよ。もともとダンサー志望だったみたいだし……だから、ユル・ブリンナーも上手く見えるんじゃないかな」

「そ……そうなのか」

「あくまでも俺の想像ですけど」と前置きし、直は続ける。

「社交ダンスは男性のリードと女性のフォローで成り立つものですけど、どちらか一方だけが無理するものじゃないんですよね。双方のバランスが取れて初めて、踊ってるほうも楽しくなるし、きれいに見える。パートナーへの気遣いが足りなくてもダメだけど、気遣い過ぎてもダメで……上手く言えないんですけど……『自分のせいでパートナーに迷惑かけてる』って思ってる時点で、自分のことしか考えてない気がするんです。それって気遣いじゃないような――」

そこまで語って急に恥ずかしくなったのか、直は顔を真っ赤にした。

「あ……偉そうですみません」

「いや、わかりやすかったよ」

そう答えながら、創介は改めて自分がどれほど直を愛しているか、痛感する。

もっとハンサムな男はごまんといる。もっと自己アピールが上手い男も、もっと仕事ができる男も。だが、彼らではなく直に惹かれるのは、直が恰好《かっこう》つけず、どんなことにも決して手を抜かないからだった。人が見ていようがいまいが関係ないのだ。そういう男だからこそ導き、見守り、背中を押してやりたくなる。俺がついていると言いたくなる——。

「はは、なんか汗かいちゃいました……」

手を振って顔に風を送る直を見て、創介は腕を伸ばした。

「え……あの……」

肩を抱き、ソファに押し倒す。

「そ、創介さん？」

「いや、可愛いなあと思って」

「ちょ……っと……いつもそうやってバカに——」

「バカにしてない。俺は直の一生懸命なところが何よりも好きなんだ。だから、そういうのを見せられると……」

創介は自分の額を直のそれにくっつける。

「我慢できなくなる——」

「あの……」

唇を重ね、直の言葉を封じ込める。そのまま軽く、深く……と一分ほど、丁寧にキスを交わし、直がきちんと反応したことを確認した上で意地悪く尋ねた。

「したくないの?」

直は視線を逸《そ》らし、恥ずかしそうに言った。

「そ……んなことはないですけど、マッサージが……」

「後でいい。これからまた身体使うから」

「あ……そう、ですね……はい……」

「リードさせてくれる?」

耳たぶを噛《か》むように囁《ささや》く。直は半身をビクッと震わせ、小さく、しかし何度もうなずいた。


三十分後、直の上から離れた創介は言った。

「シャワー、浴びておいで」

「え、でも、創介さんが先に――」

「いいよ。俺はデボラ・カーを見て、もうちょっと研究してみる」

「……はい、じゃあ……」

創介が脱がせたシャツを羽織り、直はのろのろとソファを降りた。

タオルと着替えを手にした直がバスルームへ消えると、創介は『王様と私』――ではなく、直と自分のレッスン映像を再生した。同録されている教師の言葉と自分の動きをチェックする。

『動き出すのがちょっと早いわ。慌てなくていいから』

『音楽をよく聞いて、リラックスして』

『利光さんをサポートしようと思わないで、身を任せるつもりで！』

「うーん……」

身を任せる、というのが創介にはよくわからなかった。動き出すのが早いのも、リラックスできないのも、直をサポートしようと考えてしまうのも、結局はすべて「身を任せる」ができていないことに集約される気がする。

仕事の現場では自分が率先して動くこともあれば、誰かに「任せ」たり、後輩の働きを「見守る」ことも少なくない。上手くいかないときは「滞っている状態」を楽しめばいいし、できないことがあるというのは「伸びしろが残されている証拠」だと思っている。考え過ぎると脳も身体も強張《こわば》り、いいアイデアが出にくくなるのだ。手を抜かず、力を抜く。それはダンスも同じはずなのに、できない。悩むなんて俺らしくない――。

そこでまた携帯電話が鳴った。懇意にしているゲイバーのママだった。創介はため息をつき、電話に出た。

「もしもーし」

『創ちゃん、お久しぶり。元気？』

「どうも、元気ですよ。アキラから連絡が行った？」

『アキラちゃん？　ううん、違うけど……』

「そうか。さっき電話が来たんだけど、店にいるのかと思って……」

『ううん、うちには来てないわよ。せっかくの土曜の夜なのに、電話してごめんなさいね。邪魔かしら？』

ママらしい心配りに癒やされ、創介は「大丈夫」と答えた。バスルームではシャワーの音がしている。直が出てくるまでには、まだ時間がありそうだ。

『お願いがあって電話したの。来年ね、開店二十周年なのよ』

「え、もうそんなに？　それはおめでとうございます」

『ありがと。それでね――』

お願いは「開店二十周年イベントを創介に仕切ってほしい」という内容だった。

『ウチの子たちがね、盛大にお祝いしましょうよ！って言うの。いつものバカ騒ぎとは違う、ちゃんとしたお祝いをね。で、そういうのは創ちゃんに相談すれば間違いないかと思って……』

「なるほど」

『もちろん、お仕事もあるでしょうから、迷惑なら断ってちょうだい。でも、引き受けてくれるなら、依頼料はお支払いします。もっとも、スズメの涙だけど』

ママの店でいくつかの出会いと別れを経験し、大人の男になった。会社では見せられない落ち込んだ姿を受け止めてもらったこともある。こんな形で恩返しできるなら、スズメの涙でもおつりがくるというものだ。

「そういうことなら喜んで引き受けるよ」

『本当？』

「まだ時間もあるし、ママには世話になってるしね」

『よかった〜、ありがとう！　愛してるわ！』

「ははは……」

『あら、なんだか元気ないわね？　彼氏とケンカでもしたの？』

声のトーンで調子の良し悪《あ》しを察知するあたり、身体は男でも感覚は立派な女だ。

創介は感心する。

「彼氏がいるってわかるの？」

『わかるわよ。恋人がいるときは、リップサービスでも愛してるって言わないもの』

「え、そうだった？」

『知らなかった？』

優しい指摘に感激し、創介は思わず本音を漏らす。

「ケンカはしてない。上手くいってるんだけど……いつもとちょっと違う感じなんだ」

『今度、うちに連れておいでなさいよ』

「うん……もう少し経《た》ってからにするよ」

『そう……』

微妙な間に、創介は慌てて取り繕う。

「ああ、ママに紹介したくないわけじゃないんだ。ただ、なんて言うのかな……俺がひとりで焦ってる気がしてさ」

言ってみて初めて、創介は自分の戸惑いに気づいた。

脳内に、ダンス教師のアドバイスがこだまする。動き出すのがちょっと早い、力まないで、身を任せるつもりで——。

『怖いんじゃない？』

「怖い？」

『だって、いつもと違うってことは、いつものやり方が通用しないってことでしょ？』

「……まあ、そうかな……」

『自信が崩れれば怖くなって当たり前よ。それでも失いたくないと思うなら、それだけ本気ってことよ』

本質を突いた意見に、創介は思わず唸《うな》る。

「うーん……」

『甘えてみればいいじゃない、彼に』

「甘える？」

『甘える、ってのは人によっていろんな解釈ができるけど、この場合は相手に頼れ、信頼しろって意味ね』

「信頼はしてるよ」

『それなら、どうして怖いの？』

容赦ない追及に創介は言葉を詰まらせ、廊下の壁にもたれかかる。

同じ恋はふたつとない。何度恋を経験しても、すべてがそれぞれに得難いものだ。それでも、心のどこかでわかっていた――直との恋は特別なものなのだと。

相手が直でなければ、きっとダンスに挑戦したいなどと思わなかっただろう。だからこそ、焦り、怖気《おじけ》づき、身体が強張る。

『これまでまったく違う人生を歩んできた人間同士、そんなに簡単に歩幅を合わせられるはずがないじゃない。お互いの努力があってこそ、恋は成熟していくのよ』

ママの声に、直の声が重なった。

(『自分のせいでパートナーに迷惑かけてる』って思ってる時点で、自分のことしか考えてない気がするんです)

やはりこれまでの経験で、自分が主導権を握ったほうが楽だとどこかで思っていたのだろう。ダンスでの役割が逆になったことで、恐れが表面化したのかもしれない。

「俺もまだまだだな……」

『勇気を出したあなたを見たら、彼はきっと惚れ直すわ。それで幻滅するような男だったら、すっぱり捨ててしまいなさい』

極端すぎるエールに、創介は大笑いした。だが、おかげで力が湧いてきた。

直相手に恐れをなしている自分――だが、そんな自分が興味深くもある。

そうだ、と創介は思った。苦労も悩みも楽しもう。彼と一緒に。

「わかった、勇気出してみるよ」

創介はママに礼を言い、電話を切った。

「勇気って？」

不意に背後から飛んできた声に、創介は振り返る。タオルを首から下げた直が、怪訝《けげん》そうな顔で立っているではないか。

「え、直……いつからそこに？」

「怖かったとか、その辺から……」

「嘘《うそ》だろ……」

創介は携帯電話を持ったまま、頭を抱える。

「あ、すみません！　立ち聞きするつもりはなかったんですけど……深刻な話なのかなと思って、心配になって……」

直の顔に不安が浮かぶ。

「直……」

「何か問題があるなら、俺が力になります。大したことはできないけど……」

自分勝手には踊れない――それがダンスの楽しさなのだ。リードにはフォローで応え、ふたりにしかできないダンスを作り上げればいい。恋も同じ……。

「なかなかバスルームから出てこないから、ちょっと心配になっただけだよ」

そう言いながら、創介は直を抱きすくめる。一瞬、緊張から直の身体は固くなったが、すぐに力が抜けた。

「……あ、なんだ……よかった」

「ごめん、ごめん。今日はもうダンスの話も仕事の話もおしまいにしよう」

「じゃあ、マッサージしますか？」

直は両手の拳を握り締めた。

「あ、そうか」

律儀だなあ、そこがまたいいんだけど――創介の中で新しい欲望が頭をもたげる。

「いいの？」

「もちろんです！　ベッドに横になって――あ、その前にシャワー浴びてきてください。温まったほうがほぐれやすいから」

ビシッと言う直を見つめ、創介はうなずいた――よし、ここはひとつ、甘えてみよう。

「わかった、言うとおりにする。でもさ、どうせなら風呂場でマッサージしない？　バスタブにちゃんと湯を張って、一緒に入ろう。俺もマッサージしてあげるから」

直は困惑気味につぶやく。

「え、でも……俺、今出てきたばっかりだし、風呂だとやりにくいし……」

「ベッドで改めてやってもらうと、またその気になりそうな予感がするんだよね」

創介は自分の下半身──もとい、心の内を伝え、甘えてみる。

「そうするとまた汗かいちゃって、またシャワーを……のくり返しになりそうだから、全部まとめて風呂で──」

創介の言葉の意味に気づいた直は真っ赤になって首のタオルを外し、創介に投げつけた。

「うわ！」

「もう、嘘ばっかり！　全然疲れてないじゃないですか！　俺は疲れたから、先に休ませてもらいます。ソファ借りますね！」

直はくるりと背中を向け、リビングへ向かってすたすたと歩いていくではないか。

「ちょっと待って、疲れてるよ！　でも、それとその気になるのは別の話で──あの、聞いてる？」

創介さんに合わせると身体がいくつあっても足りませんよ、まったく……遠ざかりつつも、ブツブツ言う声が聞こえてくる。

「あ、あのさ、利光くーん……」

「甘えないでください！」

「え……」

甘えるって難しい——創介は湿ったタオルを握り締めて思った。

あとがき

こんにちは、もしくは、初めまして。鳩村衣杏《はとむらいあん》です。

このたびは『会社は踊る』を手に取っていただき、ありがとうございます。

フルール文庫さんでは初めての作品……さてどんな話を書きましょうか、と打ち合わせをしているときのこと。流れは忘れましたが、編集長Hさんの口から「全社総会」という単語が出てきました。それはメディアファクトリーさんで年に一回開催される、社内活性やモチベーションアップ、部署間の交流などを目的とした社員のためのイベントでした。

「何、それ！　面白そう！」

思わず、前のめりになるワタシ。即決でした。

実はワタシも最初に勤めた会社がイベント好きで、旅行や会合のため、仕事が終わってからダンスの振付を練習したり、衣装を手作りしたり……という経験があります。

忙しいのに、なんでこんなことを――と文句を言う人もいたけれど、ワタシは楽しかった。というより、どうせやらなきゃならないなら楽しく過ごしたかった。他部署の人と交流し、上下関係を超えて意見を出しあい……結果的に、それらは仕事にも人間関係にも良い影響をもたらしてくれました。

日本人はワーカホリックと揶揄《やゆ》されます。でも、会社が楽しくて何がいけないの？　情熱や恋を会社に求めちゃいけないの？　そんな思いをぶつけたところ、編集部からはまさかのゴーサイン。こうして出来上がったのが本作です。が、トラフィック・ブレインと「虎脳祭」は、あくまでもどこまでもフィクションです（笑）。

お礼を少し。

挿絵の小椋《おぐら》ムクさん。幸運にも、イラストをつけていただくのは二度目です。またムクさんの絵で……と思うと、どのキャラも自然にカラーが整い、ワタシの筆も踊りました。ステキな利光《としみつ》と渡会《わたらい》をありがとうございました。

担当編集のAさん。執筆依頼から取材、そして完成まで、あふれる熱意で支えてくださったことに心から感謝いたします。H編集長さん、編集部の皆さんにもお世話になりました。

そして誰よりも、読者の皆さん。いつも応援ありがとうございます。この作品で、少しでも会社が楽しい場所へと変わってくれれば嬉《うれ》しいです。

最後に、小説の神様に。これからも降りてきてくれますように。

二〇一三年　残炎

鳩村衣杏

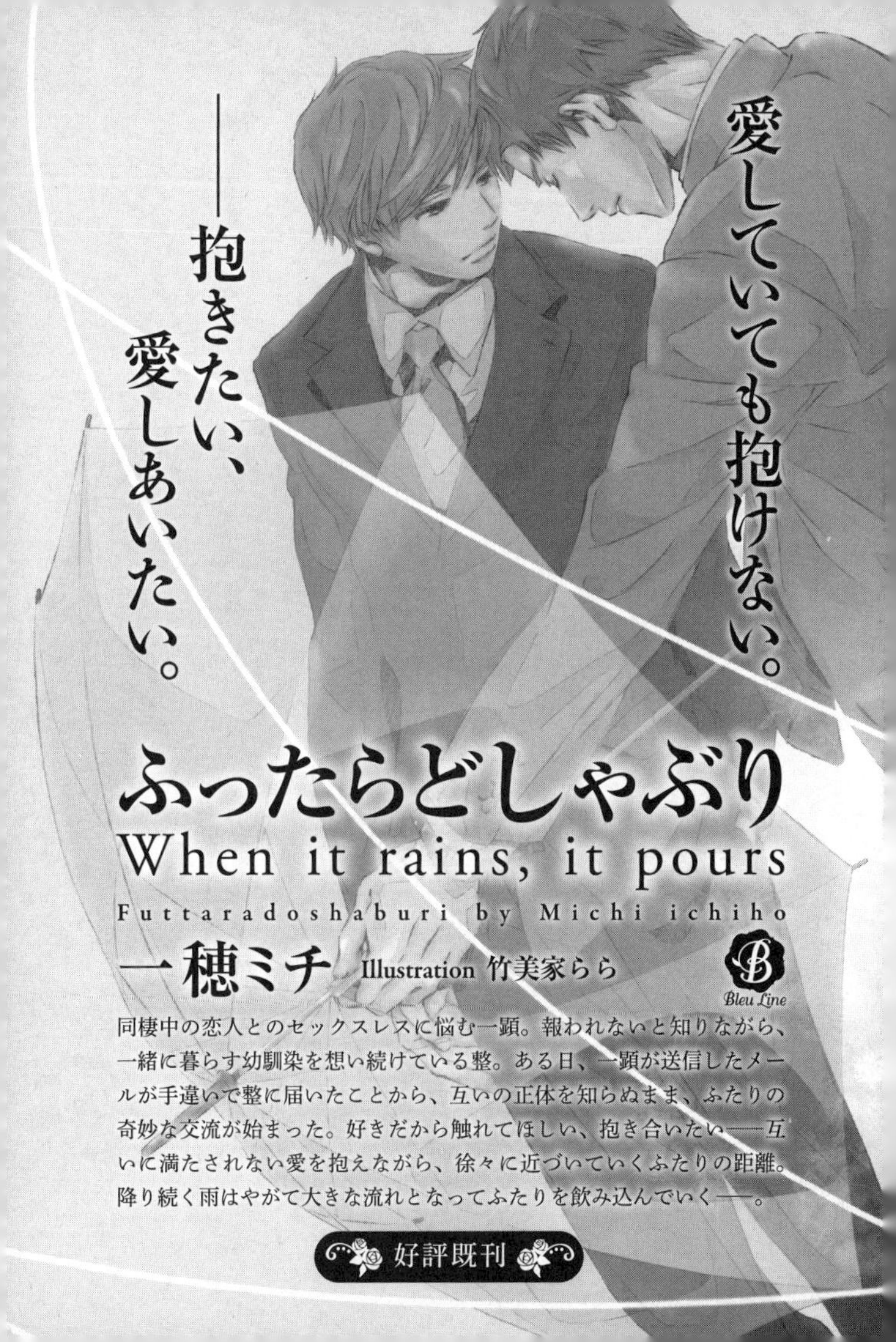

愛していても抱けない。
——抱きたい、
愛しあいたい。
ふったらどしゃぶり
When it rains, it pours
Futtaradoshaburi by Michi ichiho
一穂ミチ Illustration 竹美家らら
Bleu Line
同棲中の恋人とのセックスレスに悩む一顕。報われないと知りながら、一緒に暮らす幼馴染を想い続けている整。ある日、一顕が送信したメールが手違いで整に届いたことから、互いの正体を知らぬまま、ふたりの奇妙な交流が始まった。好きだから触れてほしい、抱き合いたい——互いに満たされない愛を抱えながら、徐々に近づいていくふたりの距離。降り続く雨はやがて大きな流れとなってふたりを飲み込んでいく——。
好評既刊

この感情は恋か、
それとも服従か——。
欲ばりな首すじ
Yokubarinakubisuji by Kanoco
かのこ Illustration やまがたさとみ
Rouge Line
大手IT企業のSE、桐沢美里。仕事ばかりで恋愛とはご無沙汰な日々のストレス発散は、夜、鏡の前で首輪をした自分をケータイで撮ること。ある日、その恥ずかしい秘密を、仕事に厳しいクールな上司・月島に知られてしまい……。社内では上司と部下、プライベートでは淫らな逢瀬を重ねていくふたり。この感情は"恋"か、それとも"服従"か——。素直になれない大人の恋を描く、ソフト緊縛ラブストーリー。
好評既刊

メガネか彼か、
どっちを愛してる……!?
私があなたを好きな理由《わけ》
Watashigaanatawosukinawake by Rai Kusano
草野 來 Illustration 真咲ユウ
Rouge Line
メガネ男子フェチの図書館司書・マキは、毎週日曜に受付前のソファーで寝て帰る"素敵メガネ男子"の亮に一目惚れ。人生初の逆ナンパが実り、幸せな同棲生活を送っていた。ある日、亮が突然コンタクトレンズを購入。セックスの最中でさえメガネ姿、そんな彼が好きだったのに……!!　惚れた弱みで溜めていた日々の鬱憤も加わり、初めて本音をぶつけあう喧嘩をしてマキは悩む。――メガネ男子が好きなのか、それとも亮が好きなのか……!?
表題作のほか、強がりで甘え下手なオトナ女子の恋愛を描く短編2作を収録した、エロティック&ハートフル・ラブストーリー集。
好評既刊

ご命令には従います。
でも……散らさないで
甘い枷《かせ》
～花びらは二度ひらかれる～
Amaikase by Kotori Saiou
斎王ことり Illustration アオイ冬子
Rouge Line
家が没落したマリアは、家族のためにサジェスト公爵家に身売りする。やり手で冷酷と噂の公爵は、良家の娘であるマリアを社交界で地位を固める道具と身の回りの世話役を兼ねた「花嫁メイド」として買ったのだ。手ひどい扱いは覚悟していたマリアだったが、初日から淫らな行為を強要されてしまう。戸惑い悲しむマリアの前に、公爵の兄だという神父が現れて……!?　濃密な愛が花ひらくヴィクトリアン・ロマンス！
好評既刊

心より先に、身体が恋を知った──。
うなじまで、７秒
Unajimade,nanabyou by Edamame Natsuno
ナツ之えだまめ
Illustration 高崎ぼすこ
Bleu Line
彼はいつも、自分を見ていた──。魅力あふれる取引先の男・貴船笙一郎に、突然エレベーターでうなじに口づけられた佐々木伊織。その熱を忘れようとしても、貴船の手が、指が、唇が、伊織の身体に悦楽を刻み込んでいく。深い快楽を身体が知っても、逢瀬の合間に愛をささやく彼の心だけが見えない……。貴船の手慣れた愛撫ゆえに彼の言葉を信じられない伊織が取った行動は？　相手のすべてが欲しいと、狂おしく焦がれる恋。
好評既刊

会社は踊る

2013年11月15日　初版第1刷発行

著者　鳩村衣杏
発行者　三坂泰二
編集長　波多野公美
発行所　株式会社 KADOKAWA
〒102-8177　東京都千代田区富士見2-13-3
03-3238-8521（営業）
編集　メディアファクトリー
0570-002-001（カスタマーサポートセンター）
年末年始を除く平日 10:00 ～ 18:00 まで
印刷・製本　凸版印刷株式会社
ISBN978-4-04-066103-2　C0193

http://www.kadokawa.co.jp/

イラスト　小椋ムク
ブックデザイン　ムシカゴグラフィクス

フルール文庫をお買い上げいただきありがとうございます。
この作品を読んでのご意見、ご感想をお待ちしております。

ファンレターのあて先
〒150-0002　東京都渋谷区渋谷3-3-5　NBF渋谷イースト
株式会社 KADOKAWA　フルール編集部気付
「鳩村衣杏先生」係、「小椋ムク先生」係

二次元コードまたはURLより本書に関するアンケートにご協力ください。

※スマートフォンをお使いの方は、読み取りアプリをインストールしてご使用ください。　※一部非対応端末がございます。

http://mf-fleur.jp/contact/